최소한의 나

하서찬

이준희

이경란

안리준

박지음

김도일

권제훈

도서출판 득근

차례

●

하서찬

신춘문예 희곡 부문에 「소풍」과 「초대」가 당선되면서 작품 활동을 시작했다. 지은 책으로 『빨래는 지겨워』 등이 있다.

상자

아빠는 121개의 상자 더미 위에 앉아 있다. 상자 더미는 천장까지 쌓여 있다. 아빠가 언제부터 저 위에 있었는지 모르겠다.

아빠 주위에는 144개의 샴푸 통과 64개의 린스 통 169개의 비누 껍데기들, 225개의 치약 껍데기가 성처럼 에워싸고 있다. 나는 제곱에서 벗어나는 쓰레기들을 창문 밖으로 던졌다.

아빠는 얼마 전까지 자주 택배를 받았다. 택배 상자가 집에 발디딜 틈 없이 쌓이고 마당을 가로질러 대문 앞까지 쌓였을 때 택배 기사는 더 이상 오지 않았다. 아빠의 휴대폰도 끊겼다.

택배 기사는 붉은 물살을 헤치고 물건을 배달했다. 검은 비옷을 입고 필요한 물건들을 대문 앞에 두고 '이젠 못 올 것 같다'라는 말을 남기고 바람처럼 사라졌다. 마블 영화에 나오는 영웅 같았다.

우리 집은 공항 근처에 있는 주택이다. 농어촌 전형을 노리고 중학교에 입학하기 전 이곳으로 왔다. 전세가 없었기에 고지대에 있는 낡은 주택을 매매했다. 엄마는 이곳에서 나의 정신병을 고치고 밀린 아파트 대출금도 빨리 갚을 거라고 말했다.

엄마는 할 일이 많은 주택에서 곧잘 짜증을 냈다. 아빠는 30분에서 2시간으로 길어진 출퇴근 시간 때문에 파김치가 되었다. 학군지와 멀지 않은 이곳은 농어촌 전형 지역에서 1년 뒤 제외되었다. 엄마는 날카로워졌다. 아침마다 도마에 칼질하는 소리가 점점 거칠어졌다. 집을 내놨지만 내가 고등학생이 될 때까지 팔리지 않았다.

"이제 시골구석에 있을 필요 없잖아!"

엄마는 히스테릭하게 소리를 질렀다. 비행기 소음으로 머리가 종종 아팠지만 이제 비행기는 날아다니지 않는다.

뉴스에서는 매일 종말이 오고 있다고 떠들었다. 엄마는 점차 말수가 없어지더니 집을 나갔다. 엄마가 사라지자 아빠는 엄청난 종류의 택배를 시키기 시작했다. 아빠는 문 앞에 택배가 도착하면 멀찍이서 막대기로 끌어당겼다. 아빠는 상자에 어떤 병

균이나 오염물질이 묻어 있을지 모른다고 했다. 아빠는 이미 젖어 있는 상자에 알코올을 분사했다. 그 뒤 축축한 상자를 뜯고 상자 안의 물건을 아무 데나 꺼내놓았다. 상자 안에는 주로 자물쇠나 쇠사슬, 로프 같은 것이 들어 있었다. 소화기와 라면과 전투식량도 나왔다.

아빠는 그것들을 꺼낸 뒤에 상자를 납작하게 찌그러뜨리고 차곡차곡 쌓았다. 아빠는 하루 종일 택배를 뜯고 상자를 찌그러뜨렸다. 그 작업이 끝나자 현관문에 못질을 하고 상자가 쌓인 꼭대기로 올라갔다. 엄마는 계속 돌아오지 않았다. 나는 숫자를 헤아렸다. 제곱을 벗어나는 오차는 허용할 수 없다.

나는 주방으로 갔다. 찬장을 열자 안락하게 잠을 청하던 이름 모를 검은 벌레들이 화들짝 놀라 흩어졌다. 찬장 안의 라면은 네 개였다. 나는 라면을 끓이면서 냄새가 아빠한테 잘 가도록 위로 부채질을 했다. 아빠는 냄새를 맡고 천천히 내려왔다. 아빠는 라면을 반쯤 먹다가 다시 상자 위로 기어 올라갔다.

아빠는 탑 위에서 적이 오는지 살피는 군인 같았다. 아빠의 수염은 배꼽까지 길었고 얼굴은 까맣게 변해버린 지 오래다. 내 손톱도 새까맣고 길다. 나는 아빠를 향해 손나팔을 만들어 소리질렀다.

"라면 먹어요."

아빠는 한 번도 대답하지 않았다. 아빠는 늘 천장 위에 찌그러져 있다. 아빠는 멀리서 보면 사람처럼 보이지 않았다. 각진 물건 같았다. 나는 그것이 꿈틀거리면 아빠임을 깨닫는다.

아빠가 몸을 움직일 때는 라면을 먹을 때와 가끔 천장에 달린 등을 건드려서 집 전체가 깜깜해질 때다. 그럴 때 아빠는 미끄럼틀을 처음 타는 아기처럼 상자 아래로 더듬더듬 내려온다. 송충이보다 조금 빠른 속도로 내려온 아빠는 두꺼비집을 열어 전원을 한 번 내렸다가 올린다. 아빠는 어두운 걸 못 참는다. 하지만 불은 다시 켜지지 않는다. 전기가 끊긴 지 오래다. 아빠는 서랍에서 건전지를 찾아서 다시 올라간다. 전등을 돌리자 건전지가 액을 줄줄 흘리며 튀어나왔다. 아빠는 엄지와 집게로 축축한 건전지를 꺼내서 던졌다. 상자섬 밑으로 건전지가 데굴데굴 굴러 내려갔다. 아빠는 새 건전지를 등 밑에 끼운다. 불이 다시 밝아진다. 멀쩡한 건전지도 몇 개 남지 않았다.

상자의 맨 꼭대기는 전등 바로 아래다. 아빠는 그곳에서 늘 잠을 잔다. 아빠는 자다가 눈이 부신지 가끔 눈물을 흘린다. 아빠의 눈물은 박스를 타고 내려온다. 나는 맨 밑에 깔린 눅눅해진 박스에 구멍을 뚫었다. 먼지 쌓인 TV와 컴퓨터가 보인다.

나는 두 달 전 마지막으로 인터넷이 가능했을 때 GPT에게 요청했다.

"제일 자극적인 걸 틀어줘."

GPT는 일타강사의 확률 통계 강의를 틀었다. 작년에 가장 많이 들었던 강의였다. 나는 강의보다 그의 잡담이 좋았다.

일타강사들은 다 어디에 있을까. 그들은 화성에 도착했을까. 벙커에 숨어 있을까. 수강생들과 함께 최후를 맞이한다고 했었는데.

남은 시간을 수업만 들으며 보낼 수는 없었다. 나는 게임을 켰다. 나의 목표는 영구적으로 행성에 정착하는 것이다. 4시간 만에 산소와 물 공급원, 원유를 찾는 것까지 성공했지만 캐릭터들은 비실비실 쓰러졌다. 한참 만에 알아낸 이유는 온도조절 실패였다. 식물은 말라비틀어지고 캐릭터들은 굶어 죽어갔다. 그 모습을 마지막으로 인터넷은 끊겼다. 검은 모니터 화면을 멍하니 바라봤다. 손쓸 시간도 없었다. 손바닥에는 진땀이 났다. 나는 손바닥을 펴보았다. 손금의 생명선은 꽤 길었다. 단명일까? 아닐까?

엄마는 사주를 자주 보러 다녔다. 엄마는 내 손금을 보고 오래 살 운명이라고 했다.

엄마는 사라지기 전에 강박과 우울을 오가는 나에게 설트랄린과 소금 호수 속 하얀 석유라 불리는 리튬을 건네며 말했다.

"밥은 굶어도 이 약은 먹어야 한다. 부작용이 생기면 스스로 해결하고."

"어떻게?"

엄마는 질문에 답하지 않고 우리를 떠났다. 약을 찾던 과정들이 눈앞에 떠오른다. 나는 약을 먹으면 먹을수록 부작용에 시달렸다.

공격성, 자살 충동, 구토, 식이장애, 천식까지.

그 모든 부작용을 멈추게 하고 날 가라앉힐 수 있는 손톱 반 개만 한 약 2가지를 3년 만에(4년이면 좋았을 것을) 찾아냈다. 석유에서 화학물질을 뽑아내 내 기저핵을 잠재우는 약들.

2알씩 들어 있던 7봉지를 찢어서 14알로 만든 뒤 매일 한 알씩 삼켰다. 이제 남은 알약은 7알이다. 나는 주머니 속 7알을 손으로 꼭 움켜쥐었다. 제곱이 아니어서 괴롭지만 조금 버텨보기로 했다.

엄마는 내 손바닥에 마지막으로 약을 쥐여주면서 말했다.

"이 정도라도 구한 건 행운이야. 이런 상황에서 이건 병도 아니야. 너희 반 애들 여럿 이렇잖아."

나는 만났던 의사들을 떠올렸다. 그중 몇몇은 다른 행성에 도착했을까.

나랑 같은 증상이었던 선우와 지은이는 어디 갔을까. 엄마 말대로 한 반에 반 이상은 틱, 강박, 조울, ADHD 등의 정신질환을 가지고 있었다. 정상인 친구들은 몇 명 없었다. 우리는 정신병이 없는 아이들을 괴물이라고 불렀다. 괴물들은 성격까지 좋았다.

해수면은 60센티를 넘어가고 있었다. 기온은 10년을 못 버티고 3년 만에 1.5도가 가볍게 올랐다. 해수 온도가 높아지자 열 팽창으로 인해 바다의 부피도 팽창했다. 그린란드의 빙하와 남극의 얼음이 반쯤 녹았다는 방송을 마지막으로 TV도 인터넷도 끊겼다.

해수면이 높아진다는 건 지나가던 개도 알고 있었다. 이렇게 빨리 올 줄 몰랐을 뿐이다.

엄마는 해수면이 70센티에 도달하자 이민 얘기를 꺼냈다. 폭염, 폭우, 폭설로 정상적인 날이 없었다. 바다 온도는 30도를 넘어서고 있었다. 파키스탄 국토를 포함한 세계 여러 나라들이 잠겨서 없어졌다. 뉴스에 나온 전문가는 1초에 원자폭탄 8개가 터지는 에너지가 바다에 공급되고 있다고 말했다.

엄마는 말했다.

"최대한 빨리 떠나야 해. 캐나다 일부 주는 물에 잠기지 않아. 다른 나라도 잠기지 않은 곳들이 많아."

아빠는 껄껄 웃으며 말했다.

"거긴 뭐 안전할 줄 알아? 로키가 불타버린 지가 언젠데. 화산 재로 앞도 보이지 않는다잖아. 가자마자 총 맞아 죽을걸. 도착하기 전에 죽을지도 모르지. 비행기도 안 뜬 지 한참 됐어. 헤엄이라도 치게? 정 걱정되면 치악산이라도 가던가. 우리나라에서는 거기가 제일 높다지. 은행도 잠겼으니 대출 이자는 그만 내도 되려나. 이자가 10퍼센트가 뭐야. 사채도 아니고."

아빠는 마지막 남은 발렌타인 30년산 양주를 따면서 수다스럽게 떠들었다. 아빠는 불안해 보였다.

나는 예전의 침착했던 아빠 모습을 떠올리며 상자 더미 꼭대기에 앉아 있는 아빠를 바라봤다.

아빠는 진작에 정신이 나갔다. 대기업 김 부장의 정신력은 생각보다 빨리 무너졌다. 지구의 멸망을 다룬 수많은 영화 속 아빠는 마지막까지 아들을 지키기 위해 안간힘을 썼다. 영화는 영화일 뿐이다.

나는 남은 약을 다시 헤아렸다. 7알.

신이 세상을 창조하기에도 파괴하기에도 충분한 날이다.

나는 제자리를 빙글빙글 25번 돌았다. 이렇게 하면 불행한 일이 생기지 않는다. 깨끗한 물이 없기 때문에 손등 껍질이 벗겨지도록 손을 씻던 강박은 사라졌다. 미친 듯 뽑아내던 티슈도 이제 없다. 이제 빙글빙글 돌기, 숫자 강박, 웃기만 남았다. 약을 먹으면 남은 증상도 나아지겠지만 아껴야 한다. 약은 7알, 라면은 2개가 남았다. 7알을 참아내면 숫자 강박도 고칠 수 있다.

나는 코펠에 라면 한 개를 넣을까 고민하다 두 개를 넣었다. 나는 손나팔을 만들어 아빠를 불렀다.

"라면 먹어요."

아빠가 네 발로 엉금엉금 기어 내려온다. 조수간만의 차로 썰물일 때만 라면을 먹을 수 있다. 이럴 줄 알았으면 수상가옥 짓는 법을 알아둘걸 그랬다. 집 안은 얕은 물이 들락날락했다. 나는 밀물일 때는 책상에 올라가고 썰물일 때는 내려온다. 못질한 문 밑으로 붉은 물이 뱀의 혀처럼 넘실거렸다.

우리는 깔깔거리며 마지막 라면을 먹는다. 코펠을 보니 캠핑장에 온 것 같아 웃음이 났다. 나를 보고 아빠도 웃는다. 아빠는 정신이 나간 뒤로 한결 유쾌한 사람이 되었다. 진작 정신이 나갈 것이지.

달걀도 파도 없지만 마지막 라면은 정말 맛있다. 약을 먹지 않자 라면 맛이 돌아왔다.

아빠의 수염이 라면 국물에 담겼다 올라온다. 그 모습이 너무 우스워 나는 데굴데굴 구르며 웃었다. '데굴데굴'이라는 표현이 너무 우습다. 앙증맞은 한글이라니.

'웃지 좀 마, 제발. 돌아버릴 것 같아.'

엄마가 짜증이 잔뜩 난 얼굴로 옆에서 말하는 것 같다.

'미안하다.'

자책하는 엄마의 표정도 이어 떠오른다.

나는 도저히 못 참고 약 3알을 삼켰다. 남은 건 4알. 제곱이 되자 두근거리던 심장이 진정되었다.

약을 먹으니 웃음 각성이 사라졌다.

기분이 급속하게 가라앉는다. 웃다가 처형당한 동화 속 왕비가 된 기분이다.

세상은 고요하다. 멀리서 고오오오 물 빠지는 소리만 들린다.

강박이 심해질 때 나의 뇌는 원시의 뇌가 된다. 사방이 맹수들이다. 나는 끊임없이 쫓긴다. 긴장하고 도망갈 준비가 되어 있다. 집 안 꼴은 눈에 들어오지 않는다.

약을 먹으면 뇌의 교감신경이 가라앉는다. 졸음이 온다. 나는 무엇에도 쫓기지 않고 물속 깊이 가라앉는다. 집 안의 작은 장식품 하나까지 눈에 들어온다.

나는 강박과 우울이 뒤죽박죽이다. 나는 정신과에서 친구들과 자주 마주쳤다. 엄마는 먼 곳으로 병원을 옮겼지만 그곳에서도 아는 얼굴을 마주쳤다. 약을 먹지 않는 아이는 드물었다. 아이들의 증상은 손톱만 한 약만 먹으면 생활이 가능한 나쁜 습관에 불과했다. 엄마는 어느새 포기하고 사람들과 두런두런 얘기를 나눴다. 농어촌 전형 때문에 옮겨 온 이곳 상황도 별반 다르지 않았다. 이곳은 내신 사냥을 위해 온 아이들이 대부분이었다. 아이들은 이 병 저 병 섞여서 엉망진창인 채로 학교에 다니다가 죽었다. 엄마는 자주 중얼거렸다.

"뇌가 자라느라 그래. 시냅스 연결이 다 되지 않아서 그래. 별 거 아냐."

엄마는 혼잣말을 중얼거리며 집안일을 했다. 더한 불행은 차고 넘쳤다. 엄마 휴대폰 속 유튜브 알고리즘은 세상의 모든 불행을 다양하게 보여주고 있었다. 엄마에게 위로는 더 나쁜 불행밖에 없었다.

과거 생각은 그만하자. 나는 블랙라벨(수학 문제집)을 편다. 인터넷이 안 되니 딱히 공부 외에 무슨 일을 해야 할지 모르겠다. 배워야 할 것은 하나도 배우지 못한 채 17세가 되었다.

게임 안에서는 배관공사를 하고 원유를 찾고 산소를 만들었다. 척박한 행성을 인간이 살 수 있게 개발했다. 현실에서는 더러운 물을 먹을 만한 물로 만드는 법, 단단한 나무들을 찾아서 엮는 법, 기형 물고기라도 낚아서 구워 먹는 것, 줄을 엮어 다양한 밧줄을 만드는 법 등 필요한 그 어떤 것도 할 줄 아는 게 없다.

나는 펜밖에 쥐어보지 않은 보드라운 손을 내려다봤다. 내가할 수 있는 것은 선행을 2바퀴 돌아서 고2 수학 문제를 손쉽게푸는 것. 그것뿐이다.

"이 약 먹고 지금처럼 공부하면 괜찮을 거야."

엄마는 정신과 약과 함께 영양제를 순서대로 내 앞에 펼쳐놨다.

비릿한 오메가3를 먹고 나면 뇌의 장벽을 뚫는다는 마그네슘을 삼킨다. 가바, 글루타티온 영양제까지 8알을 먹고 나면 마지막은 달콤한 유산균으로 입가심한다.

영양제만으로도 배가 불렀다. 남은 영양제들은 물에 잠긴 지 오래다. 공부만 아니면 먹지 않아도 될 것들이다. 나는 책상에 앉아 얼룩진 교복 넥타이를 바로 맸다.

내가 존경하는 과학 선생님이 말씀하셨다.

"학생은 복장이 중요해."

학교는 고1을 마치고 그만둘 예정이었다. 6모(6월 모의고사)를 망치자 수시를 포기하고 검정고시를 치고 정시로 대학을 가는 게 낫겠다는 생각이 들었다. 명문고도 아닌 곳에서 전교권을 하지 못하자 엄마는 앓아누웠다. 대신 학교를 그만두면 바로 윈터 스쿨에 들어가기로 했다.

학교를 그만둔다고 말하기 위해 등교한 날, 학교 안으로 붉고 뜨거운 물이 밀려 들어왔다. 학교는 아수라장이 되었다. 모든 것이 끝났다는 안도감이 밀려왔다. 학교는 교문을 닫았다. 웃으며 집을 향해 달렸던 날. 엄마가 사라졌다.

제길. 만조다.

물이 창문 사이와 문틈 사이로 쳐들어온다. 나는 문제집을 하늘 높이 들고 책상 위로 올라갔다. 악취가 코를 찔렀다. 집 안은 만조와 간조에 따라 물에 잠겼다가 빠져나갔다를 반복했다. 우리는 양식장에 사는 횟감용 물고기같이 언제 건져져서 썰릴지 몰랐다. 밀물 때는 허우적거리다가 썰물 때는 죽음을 기다리며 입만 뻐끔거렸다. 물에 자꾸 닿은 다리 쪽 피부에는 부스럼이 생겼다. 가렵고 따가웠다.

아빠는 엄마의 38만 원짜리 헬렌카민스키 모자를 쓰고 손톱 사이에 낀 때를 빨아먹고 있었다. 아빠는 호주 여자가 자녀를 위해 손수 만든 모자를 너무 비싸게 팔아먹는다고 툴툴거렸다. 엄마들은 여름만 되면 지푸라기로 만든 그 모자를 쓰고 다녔다. 모자는 물에 불어서 짚이 다 튀어나왔다. 엄마는 어디에 갔을까. 아빠가 쓰고 있는 것은 가품이었고 엄마가 쓰고 나간 것은 진품이었다.

얼마 전에는 깨진 창문 틈으로 떠내려가던 과학 선생님을 보았다. 우연이었다.

퉁퉁 불은 몸이 둥둥 떠서 내려갔다. 볼록한 선생님 배가 매끈하게 떠올랐다 가라앉았다. 선생님의 뒤로 다 깨진 뿔테 안경이 흘러갔다.

산과 염기를 좋아하던 선생님. 물질의 규칙을 배울 차례였는데 불규칙하게 떠내려갔다. 몇 안 되던 훌륭한 선생님이었다. 친구들이 떠내려갈 때보다 마음이 아팠다.

자꾸 웃는다고 나를 두들겨 팼던 준교와 현우가 떠내려갈 때는 기분이 좋았다. 그들의 흡뜬 눈이 여전히 날 비난하는 것으로 보여 눈을 질끈 감았지만 곧 다시 뜨고 그들의 퉁퉁 불은 발에 퍽큐를 날렸다.

내가 좋아하던 하은이가 떠내려갈 때는 그녀의 허벅지 위로 올라간 치마를 내려주고 싶었다. 그날은 하루 종일 울었다. 그녀의 머리칼에서 나던 딸기 냄새가 언뜻 스쳤다. 그런 냄새를 다시 맡을 수 있을까. 나도 이제 곧 하은이 곁으로 갈 것이다. 엄마가 사라진 날보다 더 슬펐다고 하면 엄마가 섭섭해하실까. 아니다. 역시 하은이가 더 슬프다. 엄마는 사라졌지만 하은이는 명백히 죽었다. 하은이가 죽다니. 나는 펑펑 울었다. 울다 보니 날이 어둑해졌다.

오후 5시, 이 시간엔 바닥에 3센티 정도 물이 스며든다. 밤이 되기 전에만 상자 더미 중턱까지 올라가면 된다. 나는 느긋하게 문제집을 챙겼다. 하지만 오늘은 예상이 틀렸다. 물은 금세 차올랐다. 매일 예상은 빗나간다. 나는 상자 더미 중턱으로 허겁지겁 올라가 물을 내려다봤다. 고오오 소리를 내며 붉은 놈이 몰려온다. 이 상황이 게임이면 얼마나 좋을까. 넷플릭스의 한

장면이라면 얼마나 좋을까. 집 안에 물이 찰 거라는 생각은 못했다. 낡고 오래된 집이지만 고지대여서 오래도록 버틸 수 있을 거라 생각했다.

붉은 물은 소용돌이가 되었다가 금세 고요해진다. 높은 솟구쳤다가 가라앉기를 반복했다. 온천수처럼 뜨거운 열기가 얼굴에 훅 끼친다.

물 위로 병 하나가 떠올랐다 가라앉았다. 뱀 대가리가 보였다. 10년째 집에 처박혀 있던 뱀술이었다. 용케도 안 휩쓸려 갔구나.

나는 상자 더미 중턱에서 손을 뻗어 그것을 건져 올렸다. 꽉 막아놔서 물 한 방울 들어가지 않았다. 뚜껑을 여는 데 꽤 오랜 시간이 걸렸다. 아빠는 상자 더미 위에서 해맑은 눈으로 지켜보고 있었다.

나는 술병의 뚜껑을 열었다. 10여 년 전 아빠가 중국으로 출장을 갔을 때였다. 상해였던가, 북경이었던가. 아빠는 그곳에서 뱀술을 한 통 사왔다. 아빠는 독사라고 했다. 검역에 걸리지 않고 어떻게 숨겨왔는지 모를 일이다. 술 속에 담긴 독사는 평화로웠다.

나는 독사와 눈이 마주쳤다. 독사인지 구렁인지 알 수 없었다. 시큼한 냄새가 후각을 자극했다. 굶주림이 짜릿하게 손끝 발끝에 퍼졌다. 역하고 시큼한 냄새가 났지만 배고픔을 이길 수는 없었다. 나는 허겁지겁 술병 주둥이에 입을 댔다. 뱀 주둥이가 내 입술에 부딪혔다.

뱀술로 배가 차오르자 잠이 왔다. 나는 상자 더미 중턱에 자리를 잡았다. 기침이 났다. 천식이 재발했나. 아빠를 유심히 살피자 몸에서 곰팡이가 자라고 있었다. 곰팡이 포자가 폐를 건드린다. 쌕쌕거리는 천명음이 난다. 아빠가 입은 옷을 갈아입혀야 하는데 아빠는 건드리기만 하면 비명을 질러댄다. 만질 수가 없다. 붉은 물 때문에 옷들도 다 끈적거렸다.

나는 아빠가 이렇게 심각한 겁쟁이인지 몰랐다. 엄마와 늘 싸우던 사이였는데 엄마가 사라지자 아빠는 정신이 나갔다. 아빠는 붉은 물속에서 무언가를 봤다고 꽥꽥 소리를 질렀다.

대한민국 K-부장이 이렇게 무너지다니.

아빠는 요새 거의 말이 없다. 라면 부스러기를 모아 라면을 끓여도 내려오지 않는다. 전등은 꺼진 지 오래다.

나는 아빠가 내려오면 할 말이 많다. 아빠 손을 잡아본 지도 오래되었다. 어릴 때 맡아본 아빠 손에서는 따뜻한 식빵 냄새가 났다.

그 냄새를 생각하자 스르르 잠이 왔다. 깜빡 졸다가 눈을 떴다. 아직 천식이 약하게 남아 있다. 네뷸라이저는 어디 있을까. 벤토린과 풀미칸을 1:1로 섞어서 분무하면 금방 가라앉을 텐데.

앗, 그때다. 아빠가 스르르 내려왔다. 지금이 기회다. 나는 아빠 허리를 세게 부둥켜안았다. 아빠는 모래처럼 스르르 빠져나갔다. 나는 허탈하게 빈손을 만지작거렸다. 이런 기회가 또 올지 모르겠다. 아빠는 다시 기어 올라갔다. 아빠가 왜 올라가는지, 내려오는지 이유는 알 수 없다.

나는 더 이상 풀 문제집이 없다. 책상에서 수학 교과서를 꺼내서 상자 더미 중턱으로 갔다. 안 푼 문제집들은 아빠가 깔고 앉아 있다. 건드리면 아빠는 또 비명을 지를 것이다. 나는 머릿속으로 공부를 시작했다.

나는 아직 통계 부분을 잘 모른다. 기초부터 짚어보기로 한다. 어떤 일을 한 번 시행할 때 일어날 확률을 P라고 하고 안 되는 확률을 Q라고 한다. 아빠가 계속 정신이 나간 상태면 무슨 일이 일어날까. 아빠를 내려오게 하려고 상자를 무너뜨리는 작업을 N번 시행했을 때 아빠가 내려올 확률은 얼마일까.

문제에 열중한 지 몇 시간이 지났나. 나는 문득 상자 더미 위를 올려다보았다.

늘 헛소리를 중얼거리던 아빠는 언제부터인가 머리와 손과 발만 빼고 네모난 상자로 변해 있었다. 121개의 상자 더미가 122개가 되어 있었다. 아빠는 우스꽝스러운 모습이었다. 나는 조심조심 상자 더미 위에 올라가 122번째 상자가 된 아빠를 안고 내려왔다. 제곱은 아니지만 아빠를 버릴 수는 없다. 참을 수가 없어 심장이 간질거렸다.

나는 아빠를 쿡쿡 쑤셔보고 낙서도 했다. 아빠가 상자로 변했지만 슬프지 않았다. 아빠는 내 옆에 있고 만져볼 수도 있다. 나는 한 손은 아빠 손을 잡은 채 아빠가 깔고 앉아 있던 문제집을 모두 물에 떠내려 보냈다. 아빠가 상자로 변하자 나는 아빠에게 많은 이야기가 하고 싶어졌다. 나는 내가 어릴 때 아빠가 들려준 이야기부터 시작했다.

도깨비 이야기, 잭과 콩나무 이야기, 어린 왕자 이야기 속에서 도깨비는 수백 번 방망이를 두드렸고 잭은 계속 자랐고 어린 왕자는 실종됐다.

매일 이야기해도 이야기는 끝이 없었다. 배도 고프지 않고 잠도 오지 않았다.

물이 점점 높아진다. 121개의 상자 더미와 144개의 샴푸 통과 64개의 린스 통, 169개의 비누 껍데기들, 225개의 치약 껍데기가 같이 무너져 내린다.

상자 아빠는 열기를 이기지 못해 흐물거린다.

물이 점점 높아진다. 더 이상 집에 있을 수 없다. 못질한 문은 쉽게 부서진다. 못은 붉게 녹슬어 있다. 나는 오리발을 끼고 문짝 위에 누워 상자 아빠를 안았다.

문짝이 사라지면 배 위에 아빠를 올리고 배영을 할 것이다. 배 위의 아빠라니 정말 우습다. 깔깔 웃음이 난다. 엄마 목소리도 들리지 않는다. 나는 마음껏 웃는다. 약을 먹지 않으니 각성 상태라 배도 고프지 않다.

멀리서 무엇인가가 떠내려온다. 자세히 보니 택배 기사다. 영웅처럼 마지막까지 물건을 전달해준 기사였다. 택배 기사는 홉뜬 눈으로 상자 하나를 안고 물에 떠내려가고 있었다.

나는 기사의 눈을 감겨주고 손에 있던 상자를 낚아챘다. 가슴이 두근거렸다. 생수가 들어 있으면 얼마나 좋을까. 깨끗한 물이 간절했다. 붉은 물로 끓인 라면은 언제나 끈적거렸다. 끊어졌다 아슬아슬하게 이어지는 부탄가스 덕분에 라면은 곤죽이 되었다. 맑은 물이 들어 있다면 아껴 마시면서 조금 더 살 수 있을지 모른다.

발신인은 바X인생이었다. 뜯어진 글자는 '른' 일 것이다. '보'는 아닐 것이다. 상자는 물에 젖어 뜯고 말고 할 것도 없이 녹아내리고 있었다. 나는 상자의 틈 사이로 또 다른 상자를 봤다. 뭘까. 나는 기대에 차서 급하게 상자를 찢었다.

상자 안에는 콘돔이 세트로 들어 있었다. 바른인생표 콘돔이라니. 화도 나지 않았다.

나는 콘돔 세트들을 멍하니 바라보다 하나를 뜯었다. 입에 갖다 대니 쓴맛이 났다. 나는 풍선을 불었다. 문짝에 붙여 떠오르게 하고 싶었지만 붙일 만한 것이 아무것도 없다.

문짝 사이로 물이 스며든다. 콘돔 30개를 몽땅 불어서 올려놨지만 문짝은 곧 가라앉을 것이다. 콘돔 풍선들은 하늘을 향해 하나씩 떠오르고 있었다.

나는 문짝 위에서 조심히 한 발을 담근다. 뜨겁다. 물에 빠지면 금세 익사할 것이다. 물속 벌레들이 내 발을 피해 흩어진다. 빙하 속에 숨어있던 4만 년 전 석기시대의 선충들인가. 확인하기 전에 벌레들은 흩어졌다.

나는 담근 발을 올리고 천천히 문짝에 몸을 뉘었다. 역겨운 냄새가 코를 찔렀다. 나는 눈을 꼭 감았다. 물길에 휩쓸려 밖으로 나오자 태양이 이글거린다.

눈이 부셔서 눈물이 흘렀다. 아빠가 젖을까 봐 얼른 소매로 눈물을 훔쳤다. 나는 아빠를 꼭 안았다. 어느새 아빠는 머리도, 손과 발도 전부 상자로 변해 있었다. 귀도 사라졌으면 어쩌지. 아빠에게서 시취(屍臭)가 풍긴다.

얼마나 떠내려왔을까. 문짝은 기슭에 닿았다. 나는 축축 빠지는 발을 건져내며 한 걸음씩 걷는다. 아빠도 축축 처져 부스러진다. 물먹은 아빠가 조각조각 흩어진다. 나는 상자 조각들을 축축한 땅바닥에 묻었다. 멀리 엄마의 모자가 보였다. 펄 속을 한 걸음씩 빠져나가며 모자 근처에 왔다. 모자는 챙만 남아 있다. 모자 옆에는 엄마의 앙상한 손이 삐죽 나와있다. 나는 죽을 힘을 다해 손을 잡아당겼다. 내가 뒤로 나자빠지자 엄마의 손목만 겨우 펄 밖을 나왔다. 몸은 아직 펄 안에 들어 있었다. 나는 엄마의 챙만 남은 모자를 아빠 옆에 묻었다. 붉은 물이 언제 이곳을 덮칠지 모른다. 나는 청개구리처럼 아빠가 물에 떠내려갈까 봐 죽어서도 울 것이다.

눈물이 차오르자 웃음이 난다. 동화 속 저주받은 왕비처럼 슬플수록 더 큰 웃음이 난다. 너무 웃어서 사레가 들린다. 밭은 기침 끝에 붉은 가래가 튀어나온다. 기슭은 불어나는 물에 점점 무너진다. 나는 하늘을 쳐다봤다. 멀리서 폭풍이 다가온다. 멸망을 앞둔 하늘은 찬란할 정도로 눈이 부셨다. 나는 엄마의 남은 몸을 찾기 위해 천천히 뜨거운 펄 속으로 몸을 욱여넣었다.

내 몸이 펄 속에서 녹아내렸다. 다행히, 고통은 느껴지지 않았다.

이준희

세계일보 신춘문예에 당선되어 작품 활동을 시작했다. 발표한 소설로 「여자의 계단」, 「고목들」, 「평행우주 고양이」 등이, 함께 쓴 책으로 『소방관을 부탁해』가 있다. 틈틈이 글을 쓰며 삶과 문학이 공존할 수 있는 방법을 모색하고 있다.

소리의 길

갠트리 크레인이 컨테이너를 야드 새시에 내려놓자 천장에 설치된 스프링클러에서 약품이 분무되기 시작했다. 컨테이너에는 듬성듬성 구멍이 뚫려 있었다. 바다 밑으로 내려오는 동안 내부에 물이 차올라 수압의 영향을 받지 않게 하기 위해서다. 도시 외부에서 들어오는 물건들은 제일 먼저 외관 소독을 진행했다. 폐쇄된 이곳에 바이러스의 유입은 치명적이다. 잠시 뒤 연막이 걷히면서 빨갛게 점멸하던 경고등도 파란빛으로 변했다. 원통형 컨테이너 캡이 열리자 대형 분무기가 컨테이너 안에 소독약을 분무했다. 저 안에 이곳 도시 사람들이 먹을 식재료들도 있지만 로비는 걱정하지 않았다. 저쪽 세계에서 정확히 밀봉한 뒤에 내려보냈을 테니까. 배기후드가 작동되자 다시 연막이 옅어지기 시작했다.

로비는 방독면을 제대로 고쳐 쓴 뒤 호스를 허리에 둘러 한쪽 겨드랑이 사이에 끼우고 단단히 붙들었다. 자칫 수압을 이기지 못하고 나뒹굴 수도 있다. 다른 사람들처럼 한 손으로 호스를 제어하기에 로비는 아직 어렸고 더 성장해야 했다. 아직 남은 성장의 단계가 있기는 한 걸까? 로비 자신조차 확신할 수 없었다. 로비에 대해서는 누구도 단정 짓지 못했다. 육지가 아닌 바닷속 도시에서 태어난 최초의 아이였으니까.

들어오라는 수신호에 로비는 호스를 붙들고 컨테이너를 향해 달렸다. 같은 조인 나짐에게 뒤처지고 싶지 않았다. 이번에도 2등. 먼저 도착한 나짐이 슬쩍 돌아보며 웃었다. 나짐을 이긴 일이 단 한 번도 없다. 너 육지에 가려면 더 커야 해. 나짐은 마치 로비가 더 성장하면 육지에 갈 수 있다는 듯 말하곤 했다. 지금은 절대 갈 수 없다는 말인 거 같아 시무룩해지지만, 그래도 말도 꺼내지 못하게 하는 다른 사람들보다는 낫다.

수관을 잡고 밸브를 열어 물을 분사했다. 밀봉된 자재와 재료에 묻은 약품을 모두 물로 씻어내고 컨테이너 내부의 벽면에도 물을 분사했다. 로비, 저거! 나짐이 손으로 한구석을 가리켰다.

컨테이너를 소독하다 보면 간혹 동물 사체가 발견되고는 했다. 컨테이너로 운반하는 모든 재료는 압력에 견딜 수 있게 티타늄 재질의 케이스에 담아 밀봉했다. 그러나 화물을 적재하는 사이 우연히 컨테이너에 들어간 동물들은 이곳까지 내려오는 동안 수압을 견디지 못했다. 로비는 사체를 집게로 집어 비닐에 넣었다. 육지의 생명체는 대부분 그 생을 다하면 땅으로 돌아간다고 했다. 실수로 컨테이너에 올라탄 동물들은 자기의 죽음에 대해서도, 땅이 아닌 바다에 뿌려지게 될 운명에 대해서도 생각하지 못했을 거다. 로비는 사체마저도 늘 신비로웠다. 교육 시간에 보여 주는 영상으로 육지에 사는 동물을 본 적은 있지만 한 번도 실제로 본 적은 없으니까. 로비와 나짐이 컨테이너에서 나오자 캡이 닫히고 야드 트랙터가 컨테이너를 끌고 보급소 쪽으로 향했다.

컨테이너 청소가 끝나면 의료실로 향했다. 7구역에는 방문자들이 머무는 게스트 하우스가 마련되어 있었다. 의료실은 그 7구역으로 진입하는 통로 쪽에 있다. 도시는 여러 구역으로 나뉘어 있다. 도시 전체 시스템을 통제하는 컨트롤 센터를 중심으로 거주 공간과 게스트 하우스, 연구 및 시뮬레이션 시설, 수중 농장, 발전기와 같은 환경 유지 시설 등이 방사형으로 펼쳐져 있다. 로비는 교육 시간에 도시 조감도를 본 적이 있다. 그때 이 도시의 모습을 보고 떠오른 건 문어였다. 바닥에 착 달라붙은 문어. 몸통과 다리 하나하나가 일종의 구역인 셈이다. 수심 600미터에 건설된 도시. 지상과 연결된 곳 하나 없는 곳. 땅 위에서 이곳으로 들어오고 또 나가려면 잠수함을 이용하는 것 외에는 방법이 없다. 도시의 구역 중 하나라도 문제가 생기면, 각 구역 연결 지점에 몇 중으로 설치된 차단벽이 내려와 모든 구역을 폐쇄하게 되어 있다. 수압 때문에 아주 작은 틈에도 도시 전체가 한순간에 찌그러져 흔적도 없이 사라질 수 있다. 물론 지금까지 그런 일은 일어나지 않았다. 도시에서 흐르는 시간은 늘 조용히, 같은 패턴으로 흘렀다. 로비가 아는 한에는.

의료실의 케이 씨가 준 통에는 총 서른 명 분량의 약이 들어 있었다. 날마다 인원수가 달랐다. 그건 이곳에 들어온 시기가 다들 다르기 때문이다. 현재 도시 안의 인원은 총 190여 명. 그중 서른 명이 한 날 들어온 거다. 로비는 객실이 시작되는 복도 앞에 서서 의료실에서 준 명단과 호실, 약을 확인했다. 로비는 이곳에 온 사람들이 어째서 꼬박꼬박 약을 먹어야 하는지 알지 못했다. 나짐은 그게 영양제라고 했다.

그걸 먹으면 뭐가 좋아지는데?

음, 몸이 건강해지지. 마음도.

마음은 어떻게 건강해져?

로비의 질문에 잠시 고민하던 나짐은 육지 사람들은 아직 이 도시에 적응하기가 어렵기 때문에 그걸 보완해 주는 거라고 했다. 로비도 닥터 주가 자신에게 매번 건네는 조그만 알약을 떠올렸다. 닥터 주는 로비가 자신의 눈앞에서 약을 먹는 것을 확인한 뒤에야 보내주곤 했다. 하지만 로비가 사람들에게 나눠주는 알약과 닥터 주가 주는 알약은 모양도 개수도 달랐다. 한번은 닥터 주가 한눈을 판 사이를 틈타 알약을 먹는 척하며 숨긴 적이 있다. 방에 돌아온 로비는 조그만 알약을 이리저리 뜯어보았다. 눈으로 봐서는 모양을 제외하곤 특별할 게 없어 보였다. 사람들이 주기적으로 먹는 알약과 차이가 있다면, 아주 작게 're:envision'이라는 글자가 적혀 있다는 것 정도.

그런데 내 약은 왜 다르지?

나짐은 당연하다는 듯 말했다. 네가 특별해서겠지.

특별한 아이.

로비는 사람들이 자신을 특별한 아이라고 부른다는 걸 알고 있었다. 사람들은 자주 로비에게 특별하다고 말하곤 했다. 이 도시에 아이는 로비 혼자다. 그래서 특별한 아이인 걸까?

언젠가 로비는 닥터 주에게 물어보았다.

왜 나랑 나이가 비슷한 사람은 없어요?

닥터 주는 이곳이 아이들이 살기에 적당하지 않아서라고 대답했다. 나도 아이인데. 로비가 중얼거리면, 닥터 주는 너는 특별하잖아라며 로비의 머리를 쓰다듬었다. 닥터 주가 손으로 머리를 흐트러뜨리거나 쓰다듬을 때면 로비는 몸을 움츠리거나 손길을 피했지만 실은 그 순간 기분이 꽤 괜찮았다. 정말로 특별한 사람이 된 것만 같았다.

로비가 스스로의 특별함에 대해 인식하게 된 것은 닥터 주나 나짐이 얘기해 줘서만은 아니다. 로비는 이 도시에 주기적으로 오가는 이들을 제외하고도 이곳을 방문한 사람들과 종종 마주치곤 했다. 그들과 마주하거나 말하지 말아야 한다는 금지 사항이 따로 있었던 것은 아니지만, 그들과 로비 사이에는 늘 일정한 폭의 거리가 존재했다. 대체로 그들은 그 거리를 넘어서는 일이 없었다. 다만 그 경계에서 지나가는 로비를 호기심 어린 눈빛으로 쳐다보곤 했다. 가끔 말을 걸어오는 이도 있기는 했다. 네가 로비구나. 그러면 로비는 전혀 모르는 누군가가 자신을 알고 있다는 사실이 의아하기도 했고, 동시에 뭔가 우쭐해지는 기분이 들기도 했다.

로비는 이 도시에서 태어나고 자랐지만 그리고 무엇보다 특별한 아이였지만 그럼에도 도시의 모든 구역을 드나들 수 있는 것은 아니었다.

닥터 주의 연구실 옆 통로에 있는 방이 그랬다. 그곳은 로비만이 아니라 닥터 주를 포함해 허락된 몇 명을 제외하고는 절대 출입할 수 없는 곳이었다. 로비는 한두 번 닥터 주를 피해 통로를 지나 그 방으로의 침투를 시도한 적이 있다. 처음에는 아무도 보지 않는 사이 힘껏 통로를 가로질러 달렸다. 그러나 카드 키가 없으면 절대 열어줄 생각이 없는 듯 굳건히 선 유리문에 막히고 말았다. 다음 시도 때에는 닥터 주가 잠시 놓아둔 카드 키를 들고 복도를 달려 문 앞에 섰다. 그러나 카드 키를 대도 문은 열리지 않았다. 맙소사. 지문도 필요한 거였어? 그날 로비는 닥터 주에게 매섭게 혼이 났다. 늘 로비에게 상냥했던 닥터 주였지만 그날만큼은 달랐다.

에이. 나는 특별하다고 했잖아요. 로비는 괜히 민망해져서 허세를 부렸다.

더. 닥터 주는 냉정했다. 더 특별해지면 보여줄게.

세상에 이보다 더 어떻게 특별할 수 있죠? 로비는 아무렇지 않은 듯 거드름을 피우며 밖으로 나올 수밖에 없었지만, 그 뒤로 닥터 주의 연구실에 들렀다 나올 때마다 습관처럼 그 방이 있는 통로 쪽으로 고개가 돌아가는 건 어쩔 수 없었다.

로비가 갈 수 없는 또 다른 장소는 바로 게스트 하우스 구역, 복도 가장 끝에 있는 방이다.

로비는 그 방의 주인이 누구인지 안다. 기태. 아주 가끔 그를 본 적이 있다.

로비는 그가 도무지 알 수 없는 사람이라고 생각하곤 했다. 객실에 머무는 사람들은 그게 관광이든 연구든 방문이든 대부분 분명한 목적이 있는 사람들이었다. 그들은 잠시 머물렀고, 이내 떠났다. 기태는 오래 머물렀고, 잠시 떠나기도 했지만, 다시 돌아와 또 오래 머물렀다. 이곳 직원인가? 그것도 아닌 듯했다. 직원이라면 로비가 가져다주는 약을 한 번이라도 먹었을 텐데, 로비는 그에게 약을 주었던 기억이 없다.

한번은 식당 청소를 끝내고 방으로 돌아가던 길에 기태와 마주쳤다. 이렇게 정면에서 직접 마주한 건 처음이었다. 왜인지 모르겠지만 기태와 직접 마주할 상황이 오면 늘 로비가 먼저 그 상황을 피했다. 커다란 덩치에 거뭇거뭇한 수염을 기른 기태는 로비와 마주쳤을 때 눈을 피하지 않고 오래도록 로비의 얼굴을 응시했다. 그 눈빛을 본 순간 로비는 어떤 섬뜩함을 느꼈다. 그건 적개심이라거나 경계심 같은 게 아니었다. 무심함. 저토록 시선에 아무것도 담지 않을 수 있다니. 그 눈빛은 오래도록 잊히지 않고 로비를 따라다녔다. 그럴 때면 로비는 그 눈빛에 주눅 들지 않으려 스스로 다독이곤 했다. 저런 건 아무것도 아니야. 나는 특별한 아이니까.

*

이걸 윙 윙, 이라고 해야 할까, 아니면 휘잉 휘잉, 이라고 해야할까. 규칙적인 소리 사이에 또 다른 다양한 소리가 끼어들었다.

모든 일을 끝내고도 할 일이 없으면 로비는 10구역으로 숨어들 듯 찾아왔다. 로비는 종종 이곳에서 시간을 보내고는 했다. 도시를 건설할 때 동원되었던 로봇과 기술자 등이 육지에서 잠수함을 타고 내려와 머물던 오래된 구역이라고 했다. 그러나 컨트롤 센터와 너무 멀리 떨어져 있어 실효성이 떨어졌다. 잠수함 정박 시설과 드라이 독, 감압 시설을 센터 근처의 새로운 구역에 다시 만든 후 이곳에는 아무도 관심을 가지지 않았다. 원래 1구역이었으나 방치되어 10구역이 된 곳. 그러나 누구도 이곳을 10구역이라 부르지 않았다. 대신 창고 구역이라 불렸다.

이곳은 훌륭한 훈련장이기도 했다. 다른 구역과 상관없이 독립적으로 감압과 문 개방이 가능해 로비는 잠수복을 착용한 뒤 이곳을 통해 바다로 나갈 수 있었다. 혼자 훈련하는 것은 허락되었지만 조건이 있었다. 연구실에 꼭 훈련 사실을 통보해야 한다는 것, 그리고 로비의 생체 데이터를 모니터링하는 장치를 켜 둬야 한다는 거다. 로비는 훈련한다는 핑계로 자주 바다로 들어

가곤 했다.

 이곳에서 훈련만 한 건 아니다.

 잠수함 정박 시설 옆에 정말로 창고로 쓰던 작은 공간은 오래 방치되어 있었고, 그만큼 흥미로운 물건들이 가득했다. 주인 없는 오래된 대기압 잠수복이나 산소 탱크, 연장들, 일일이 열거할 수 없는 잡동사니까지. 무엇보다 로비의 마음을 사로잡은 건 오래전 사용했다는 수중 음파 청취기와 녹음기였다. 사람들이 들을 수 없는 영역의 소리까지 담아낼 수 있는 기계였다.

 로비는 이곳에 들어오면 먼저 메타크릴수지 소재의 유리창 맞은편에 놓인 낡은 의자에 앉았다. 로비의 지정석이나 다름없었다. 그러고는 언젠가 훈련을 핑계로 밖으로 나가 설치한 수중 음파 청취기와 연결된 내부 스피커의 전원을 켰다. 그러면 바깥 바다의 소리가 실내로 흘러들었다. 로비는 그 상태로 한참 동안 바다의 풍경을 바라봤다. 이곳은 도시의 다른 구역과는 떨어진 외진 곳에 있는 데다, 환기 시설 외에 난방 등은 가동되지 않아 도시의 그 어느 곳보다 조용했다. 바깥의 바다는 검고 어두웠지만, 혹시 모를 충돌 방지를 위해 점멸하는 조명 덕분에 깊은 바다의 생명들이 움직이는 모습을 지켜볼 수도 있었다.

 하지만 바다의 풍경보다도 마음에 드는 것은 도시 어디에서나 들어야 하는 음악을 듣지 않아도 된다는 점이었다.

사실 고요하다는 말은 수심 600미터인 이곳을 설명하기에 적절하지 않았다. 이곳에서 처음 지내기 시작한 사람들은 모두 심해가 고요한 줄 알았다고 했다. 그러나 그들 대부분 그게 잘못된 생각이었다는 것을 이내 깨달았다. 바다의 깊고 어두운 시각적 이미지가 불러온 오해였다고 말하곤 했다. 꼭 수중 음파 청취기와 같은 도구를 사용하지 않더라도, 아무 말 하지 않고 가만히 앉은 채 귀 기울이면 온갖 소리로 가득한 바다를 느낄 수 있었다. 바다 밑 땅이 움직이는 소리부터 온갖 생물이 살아 있음을 증명하듯 만들어 낸 소리를 귀로도 들을 수 있었다. 바다의 소리는 이곳에 존재하는 모든 살아있는 것들의 존재 그 자체였다.

　바다의 소리를 모두가 듣고 싶어 하는 것은 아니었다. 오래전 육지와 가까운 곳에 어느 도시가 건설되었을 때, 그곳에서 지내던 육지 사람들 몇몇은 햇빛이 들지 않는 어두운 바닷속에서 들려오는 소리를 견디지 못해 다시 육지로 돌아갔다고 했다. 때로는 규칙적으로, 또 때로는 불규칙하게, 그러나 끊임없이 주변을 옥죄듯 다가오는 소리들. 바닷속에 존재하는 모든 도시의 실내에 평온한 음악을 잔잔하게 틀어놓은 것도 바로 그때부터라고 했다. 거슬리지 않을 정도의, 그러나, 바다라는 자연과 생명의 소리에 마음이 잠식당하지 않을 만큼.

로비는 그 음악보다 바다의 소리를 듣는 게 좋았다. 특히 훈련을 위해 대기압 잠수복을 입고 바다로 나갈 수 있게 되면서, 로비는 바다의 소리를 더 확실히 느낄 수 있었다. 바다의 소리는 귀로 듣는 게 아니라 몸으로 들어야 했다. 로비는 모든 감각을 동원해 소리를 느끼려 했다. 온몸으로 소리를 내고 또 듣는다는 것. 그것은 다른 존재가 거기 있음을 몸으로 체득하는 일이었다.

스피커를 끄고 밖으로 나가려는 순간, 점멸하는 조명 사이로 커다란 그림자가 창밖을 내다보는 로비의 얼굴을 가로질렀다. 녀석들이다. 로비는 두 눈을 크게 뜨고 창에 바투 다가갔다. 심해의 파수꾼들. 향유고래 무리다. 로비는 파수꾼들이 창고 구역 건물 근처의 바다를 가로지르며 헤엄치는 것을 오래도록 지켜봤다. 그들은 때로는 자기들끼리 몸을 비비며 장난치기도 했고, 때로는 로비가 내다보는 창문에 몸을 가져다 대기도 했다. 그 모습을 지켜볼 때면 육지건 육지의 동물이건 머릿속에서 전부 사라져 버렸고, 그들의 움직임과 함께 실내를 가득 채운 그들이 주고받는 소리에 빠져들었다. 로비가 이곳에 찾아오는 이유이기도 했다.

*

사람들이 처음 도시에 발을 디뎠을 때, 이곳의 시간은 땅 위의 시간과 일치했다. 그러나 시간이 지나면서 조금씩 어긋나기 시작했고 이제 땅 위의 시간과 이곳의 시간은 완전히 달라졌다. 그건 태양 때문이기도 했다. 땅 위 세계에는 아침이 있고 한낮이 있고 저녁과 밤이 있었다. 사람들은 하늘과 태양의 위치와 밝고 어두움을 시계 속 숫자와 일치시켰다. 나짐은 태양이 전기 없이 돌아가는 조명이자 난방기이자 영양제라고 했다.

　도시에도 비슷한 태양은 있다. 시계의 숫자가 변하면 컨트롤 센터의 돔 천장에 매달린 조명과 함께 모든 구역의 조명이 힘이 빠진 듯 조금 어두워졌다. 그러나 그건 진짜가 아니었다.

　그런 태양을 갖고 있다니 부러운데?

　로비의 말에 나짐은 하하, 웃었다.

　태양은 가질 수 있는 게 아니야. 우주에 있는 거야.

　우주…….

　로비는 언젠가 지구의 사진을 본 적이 있다. 지구 밖에서 찍은 사진이라고 했다. 그 사진을 보여준 건 훈련 때문에 이곳에 왔다는 어느 우주비행사였다. 우주비행사가 왜 여기로 와? 우주로 가야지. 그는 뭔가 말하려는 듯 입을 오물거리다 이내 별거 아니라는 듯 어깨를 들썩였다. 로비 눈앞에 펼쳐진 사진 속에는 공처럼 둥글고 다채로운 색으로 물든 행성이 있었다. 우주비행사는 그중 파란색으로 물든 지점을 손가락으로 가리켰다. 이게 바다야. 네가 사는 곳. 로비는 그가 말하는 우주와 지구, 그리고 자신이 사는 이곳의 연결성이 잘 이해되지 않았다.

우주를 본 적 있어?

나짐은 고개를 저었다.

그런데 어떻게 우주를 믿어? 보지 않았으니 정말 있는지 알 수 없잖아.

나는 보지 못했어. 그런데 본 사람 많아.

또한 사람들은 눈에 보이지 않는 것에 관해 이야기를 지어내고, 그걸 실제 일어난 일인 것처럼 믿기도 한다고 했다. 직접 보지 못했지만 그럼에도 진짜처럼 믿는 이야기. 신화가 그랬고, 종교가 그랬다. 누구도 신을 본 적 없지만, 그 신의 모습을 각자 머릿속에 떠올릴 수도 있었고, 어떤 사람들은 그 신이 분명 존재한다고 믿는다고 말하기도 했다.

나짐은 이곳에 오기 전 작은 동네에서 아버지와 어머니가 함께 꾸려가던 미용실 일을 도우며 지냈는데, 좁은 가게에 서서 사람들의 머리를 만져주다 보면 흥미로운 경험을 종종 할 수 있다고 했다. 그건 하나의 사실을 다양한 방식으로 말하는 사람들에 관한 경험이었다. 나짐이 들어보면 같은 사람에게 일어난 일이었는데도, 그 얘기는 어떤 사람이 말하느냐에 따라 내용도 결

말도 달라졌다.

사람은 다 그래. 나짐은 어깨를 들썩이며 말했다. 그러면서 믿는다는 건 신뢰하고 받아들인다는 게 아니라 그러길 바란다는 얘기인지도 모른다고 덧붙였다.

로비에게도 그런 게 있다. 보지 못했지만 철석같이 믿고 있는 것. 바로 무에 관한 이야기이다.

사람들이 바다를 자신들의 터전으로 삼기로 마음먹고, 그래서 처음 바닷속에 도시를 건설하기 시작했던 무렵의 이야기이기도 하다. 땅 위에서 모듈을 만들어 바다로 내려보내, 로봇이 그걸 조립하는 방식으로 도시를 건설했다. 처음의 도시는 수심이 깊지 않은 곳에 건설되었고 지금과는 비교할 수 없을 만큼 작았다. 그러나 그걸로 충분했다. 바다에서 사람이 살 수 있을 거라고는 생각지도 못했던 시절이었다. 사람들은 바다라는 미지의 장소에서 꾸려갈 인류의 새로운 시작에 대한 기대로 부풀어 있었다. 그런 기대에 부응이라도 하듯 도시는 순조롭게 건설되었다.

그런데 도시가 완공되어 가던 어느 날 뜻밖의 훼방꾼이 나타났다. 라쿤이라 불리는 거대한 향유고래와 그 무리였다. 라쿤의 무리는 바다 밑에서 자재를 조립하던 로봇들을 파괴해 망가뜨렸고, 거대한 몸으로 건설된 도시를 들이박기 시작했다. 하지만 수압에도 견딜 수 있게 제작된 건물은 쉽게 무너지지 않았고,

대신 그들의 대장이었던 라쿤이 해상에서 작업을 진행하던 작업
부 하나를 바닷속으로 끌고 들어갔다. 그가 작업하면서 매고 있
던 케이블을 입에 문 라쿤은 바다 더 깊은 곳을 향해 헤엄치기
시작했다. 이대로라면 그 작업부는 바닷속에서 생명을 잃을 게
분명했다. 그 순간 바다로 뛰어든 게 바로 무였다. 무는 보통 사
람이라면 들어갈 수조차 없는 수심 200미터까지 헤엄쳐 들어갔
고, 라쿤과의 싸움 뒤에 결국 동료를 구해 육지로 돌아왔다고
했다.

　로비는 이 이야기를 교육 시간에 영상을 통해 알게 되었다. 무
는 인류를 바닷속이라는 새로운 터전에 살 수 있게 한 영웅이었
으며, 바다에서도 살아남은 신적인 존재였다. 영상에서는 무를
바다를 정복한 인류의 영웅이라고 했다. 로비는 종종 나짐에게
무의 이야기를 들려주었지만, 그때마다 나짐은 전혀 들어본 적
없다는 반응이었다.

　그 얘기는 너무…… 거짓말 같아.

　그러나 나짐의 반응은 상관없었다. 로비는 무의 이야기를 떠
올릴 때면 늘 가슴 어딘가가 벅차오르는 것을 느꼈다. 특별한
인간. 지금까지 없던 새로운 영역을 개척한 인간. 로비는 그게
자신의 얘기가 되었으면 좋겠다고 생각했다.

*

　도시에서의 시간은 여느 때와 다름없이 천천히 흘러갔다. 그러나 그때 이미 무엇인가가 변해가고 있었던 거라고, 그게 정해진 순서였다고, 로비는 훗날 생각했다.

　땅 위에서 중요한 사람들이 온다는 소식이 전해진 뒤, 그들의 방문 날까지 도시의 시간은 바쁘게 흘러갔다. 깨끗하고 정돈된 모습으로 보여야 했기 때문에 도시 안의 모두가 바빠졌다. 평소라면 나짐과 함께 일하며 보내는 시간이 많았을 텐데, 이번에는 그러지 못했다. 그들의 방문 날짜가 정해지면서 다른 사람들에게 더 많은 일이 할당된 것과는 다르게 로비의 업무는 많이 줄었다. 대신 닥터 주와 함께하는 훈련 시간은 대폭 늘었다. 그들이 도시로 오는 이유에는 '특별한 로비'를 보기 위한 것도 포함되었기 때문이다.

　땅 위에서 손님들이 방문한 날, 로비는 더 많은 사람이 보는 앞에서 실험에 임해야 했다.

　로비는 물이 채워진 투명한 방으로 들어갔다. 특수 설계된 공간으로 방 안에 가득 찬 물의 수압을 마음대로 조절할 수 있는 곳이었다. 로비가 그 안에 들어가 슬슬 헤엄치자 시작 신호와 동시에 방 안의 수압이 느린 속도로 증가하더니, 얼마 지나지 않아 도시 바깥의 수압과 같게 맞춰졌다.

어때 로비? 몸에 특별히 이상이 느껴져?

닥터 주는 송신기로 로비에게 끊임없이 상태를 물었다.

괜찮아요. 평소와 다른 건 없어요.

그러면 역시 느린 속도로 수압이 증가하거나 감소했다.

─특수한 약물로 몸속에 존재하는 공기층에 특수 코팅을 입힙니다. 그러면 그 공기층 하나하나가 밀폐된 대기압 잠수복을 입는 것과 같은 효과를 내는 겁니다.

로비는 바깥에서 들려오는 닥터 주의 목소리를 들으며 자신을 쳐다보고 있는 사람들의 시선을 지켜보았다. 어떤 이들은 조금 놀라는 눈치였고, 어떤 이들은 무표정하게 자신과 닥터 주를 번갈아 쳐다봤다. 보통 사람이라면 잠시도 버틸 수 없는 수압에서 어떻게 버틸 수 있는지 로비 자신도 가끔 궁금했다. 그러나 누구도 정확하게 설명해 주지는 않았다. 원인이 무엇인지보다 어떤 결과를 내는지가 중요했다. 로비는 특별한 아이였다. 그래서 보통 사람들과 다른 수치의 결과를 낼 뿐, 실험 과정이 어렵기는 마찬가지였다. 왜 이 실험에 임해야 하는지, 어째서 자신이 다른 사람들과 다른지에 대해 의문이 든 적이 있었다. 그러나 로비가 세상과 자신을 인식하기 시작한 훨씬 오래전부터 이미 이렇게 일이 돌아가는 게 당연해져 있었고, 이러한 구조에 로비 스스로 길들어 근본적인 이유를 찾는 것을 포기하고 말았다. 이유를 찾는 대신 목표에 집중했다. 로비가 이 실험에 군말 없이 임할 수밖에 없었던 건 보상 때문이기도 했다. 더 특별해지면 육지에 올라가 볼 수 있다고 누구나 말했으니까. 더 성장하면, 더 특별해지면 육지에 갈 수 있어, 라고. 그건 막연하긴 하지만 유일한 목표였다.

다음 단계의 실험이 진행되었다. 똑같이 수압을 증가하거나 감소하는 실험이었지만, 이번에는 그 속도가 아까보다 빨라졌다. 일정 수압에서 머무는 시간이 삼십 초 단위로 감소했다. 로비는 닥터 주의 신호에 집중하며 자기의 몸 상태를 유리창 너머의 연구자들에게 전달했다.

로비, 이번에는 평소보다 조금 더 시간이 빨라질 거야. 괜찮은지 얘기해.

로비는 닥터 주를 향해, 엄지를 추켜올렸다. 그건 닥터 주 뒤에 서서 로비를 쳐다보고 있는 땅의 이방인들을 향한 것이기도 했고, 언젠가 로비가 도달할 육지를 향한 것이기도 했다. 수압이 수심 700m의 그것과 같게 증가했다는 신호가 들려왔다.

이제 감압을 할 거야. 로비.

더 할 수 있어요.

닥터 주는 로비의 생체 신호를 모니터링하는 연구원과 시선을 교환하더니 다시 로비에게 말했다.

아니야 로비, 이걸로 충분해. 지금도 조금 버거운 상태야.

그러더니 감압 신호를 보내왔다.

더 할 수 있는데, 라고 생각하며 로비는 닥터 주 너머의 사람들을 쳐다봤다. 로비는 자신은 아직 여유롭다는 듯 온몸으로 헤엄치듯 움직이기 시작했다. 창 너머의 사람 몇몇이 웃는 게 보였다. 그들의 반응에 로비는 우쭐해서는 이번에는 춤추듯 몸을 움직였다. 비록 실험실에 만들어진 작은 방이었지만, 로비는 그게 바다라고 생각하려 했다. 로비는 몸을 비틀어 가며 바다 안에서 자유를 만끽하는 모습을 취했다. 그러면서 창 너머의 사람들을 힐끔 쳐다보는데, 문득 마치 자신이 심해의 파수꾼이 된 것만 같았다. 창고 구역에서 창을 통해 지켜보던 로비의 눈앞에 몸을 비비듯 헤엄치던 그들처럼 순간 정말로 자신이 파수꾼의 하나인 것처럼 느껴지기 시작했다. 그리고…… 라쿤이 보였다. 로비는 눈을 비비고 다시 쳐다봤다. 이 작은 실험실에 라쿤이 들어올 수가 없는데. 그런데 저건 분명히 라쿤이었다. 한 번도 본 적 없는, 이야기로만 들은 존재. 로비는 분명 알 수 있었다. 자신의 앞에 있는 건 무가 물리쳐 그 뒤로는 사람들 앞에 나타난 적 없다는, 바로 그 전설의 라쿤이었다.

선생님, 라쿤이…….

-박사님. 지금 질소 수치가 급격히 올랐어요.

로비! 로비! 괜찮아? 정신 차려!

로비는 자신을 부르는 목소리에 고개를 돌려 닥터 주를 쳐다 봤다. 저는 괜찮다고요. 로비는 그렇게 말하고 싶어 엄지를 들어 보였고, 그다음에 정신을 잃었다.

*

누군가 오면 누군가 도시를 떠나는 것에 익숙해졌다. 그게 이 도시가 돌아가는 방식이었다. 로비를 제외하곤 모두가 그런 법칙을 따랐으니까.

로비는 나짐의 방으로 향하는 중이었다. 로비의 발걸음은 어딘가 바빠 보였고, 경쾌했다. 이 얘기를 어떻게 전달해야 할까. 나짐이 이 믿을 수 없는 이야기를 듣고 어떤 표정을 지을지 로비는 궁금해 미칠 지경이었다. 실은 나짐의 표정은 상관없었다.

로비는 지금만으로도 충분히 흥분한 상태였다.

연구실에서 정신을 차린 로비를 덮친 것은 사람들 앞에서 도취되어 선보인 우스꽝스러운 몸짓으로 인한 수치심이 아니라, 육지로 갈 수 있다는 희망이 멀어졌다는 절망이었다. 더 성장한, 더 특별해진 모습을 보여주려던 모습이 완전히 실패했다는 생각에 가슴이 답답해져 왔다. 이곳 도시에 흐르는 시간은 분명 변함없을 텐데 로비는 지금 깨어 있는 시간이, 그리고 앞으로 흐를 시간이 길게 늘어져 더디게 흐를 것만 같았다.

실험은 실패인가요? 저는 육지에 갈 수 없겠죠?

로비를 보러 온 닥터 주는 그 질문에 답하는 대신, 로비를 일으켜 어딘가로 데려갔다. 그리고 그곳은 뜻밖의 장소였다. 매번 들어가려 시도했던, 특별한 로비조차 통행이 제한되어 있던 바로 그 방이었다. 이번에도 그 방에 들어갈 수 있었던 것은 아니다. 그러나 매번 굳게 잠겼던 그 유리문을 지나 벽 한 면이 통유리로 된 그 방을 들여다볼 수 있었다. 그곳에는 아직 걷지도 말하지도 못하는 아이들이 캡슐 속 침대에 누워 있었다. 창으로 아이들을 쳐다보는 로비 옆으로 닥터 주가 다가왔다.

로비, 너처럼 특별한 아이들이야. 태어난 지 얼마 되지 않았어.

로비는 닥터 주를 쳐다봤다.

실험은 실패하지 않았어. 오히려 육지에서 온 손님들은 충분히 만족하고 돌아갔단다. 그래서 이 아이들도 계속 성장할 수 있게 되었어. 로비, 네 덕분에.

로비는 꼼지락거리는 아이들을 쳐다봤다.

이 아이들도 성장하게 되겠지. 그러면 너처럼 특별해지고 싶을 거야. 그래서 너에 관한 이야기를 듣고, 또 네가 지나간 삶을 따라가고 싶겠지. 너처럼 특별한 아이가 되고 싶어서.

특별한 아이. 로비는 심장이 두근거렸다. 그러면 나도 무처럼 될 수 있는 건가? 로비는 늘 가슴속에 선망의 대상으로 삼았던 무를 떠올렸다. 무처럼 특별한 사람, 로비만의 신화를 만들고 싶었다. 저 침대에 누운 아이들이 일어나서 걷고 뛰고 헤엄칠 수 있을 정도로 성장하는 동안, 로비에 대해 말할 거다. 바다에서 태어난 아이 중 처음으로 육지로 올라가 땅을 밟은 사람으로 기억하게 되겠지. 막연했던 목표에 뭔가 구체적인 힘이 생긴 기분이었다.

방에 도착했을 때 나짐은 짐을 싸는 중이었다. 이번에 밖으로 나가는 잠수함에는 나짐도 탈 예정이었다. 그건 나짐이 이곳에 들어온 지 3개월이 되었다는 얘기이기도 하다.

이번에 가는 거야?

로비의 물음에 나짐은 응, 이라고 짧게 대답했다.

금세 다시 올 텐데 뭐. 이번에는 육지에 얼마나 있다가 다시 올 거야? 로비는 괜히 서운해 쳐다보지 않고 덧붙였다.

이곳에 있는 사람들은 다들 일정한 간격으로 도시를 떠나 육지에 다녀왔다. 로비를 제외하고는.

로비가 이번에 가는지 물어볼 때면 사람들의 반응은 두 가지였다. 빨리 다녀올 테니 건강하게 기다리고 있으라거나, 아니면 로비의 눈을 제대로 쳐다보지 않고 대답한다. 그 이후로는 잠시 떠나 있다 올 사람들에게 집에 가느냐고 묻지 않았다. 자기도 데려가라며 떼를 쓰곤 했던 자신이 성가셨던 거라고 로비는 결론 내렸다. 그때부터는 직접 묻기보다 언제 누가 도시를 떠났다가 얼마 만에 돌아오는지 기억하기 시작했다.

평소 나짐은 집에 갈 때면 늘 신나서 로비에게 지상의 많은 것들에 대해 얘기해 주곤 했다. 그리고 흥미로운 것들을 가져와 로비에게 보여주기도 했다. 그런데 이번에는 다르다. 짧게 대꾸하거나 아니면 눈을 마주치지 않고 대답하고 있었다, 나짐은. 그것도 대충대충, 얼버무리듯이.

서먹한 기운이 방을 가득 채웠다. 그 기운에 압도되어 로비가 아무 할 말을 찾지 못한 채 서성이는데 나짐이 입을 열었다.

오래전에 고향을 떠나올 때, 그 좁은 미용실 가게가 질리도록 답답하고 싫었어. 내가 말했지? 그래서 도망쳤던 거라고.

무슨 말을 하려는 걸까. 로비는 숨죽이고 나짐의 말이 이어지

길 기다렸다.

사실 그때 도망쳤던 건 그 좁은 가게가 아니라, 나 자신이었어. 사실 나 동네에서 소문날 정도로 능력 없는 사람이었거든. 제대로 할 줄 아는 것도 없고, 만날 술 마시고 사고 치고. 그래서 몇 번이고 진작 떠나고 싶었어. 그곳이 싫어서가 아니라 그런 나를 알고 있는 사람들이 싫어서. 아니. 그 사람들이 싫은 게 아니라, 그 사람들을 볼 때마다 떠오르는 나 자신이 싫었다는 게 맞을 거야. 뭔가 다른 사람들의 기대를 충족시키고 싶어서 그 일을 하고, 다시 실패하고. 그래서 이곳에 오기로 마음먹었어. 이곳은 늘 실패만 했던 곳이 아니라 완전히 다른 세상이니까. 무엇보다 나를 아는 사람이 하나도 없고.

고향을 떠나던 날, 나짐은 배에 올라타 마을 쪽을 무심히 쳐다보다가 자신을 배웅하는 부모님의 모습을 보았다고 했다. 손을 흔들고 있다든가 혹은 말썽만 부리던 자식이 떠나 속 시원하다는 표정이 아니었다. 그렇다고 제발 이번에는 인생 좀 제대로 살라거나 혹은 성공하길 바라는 기대도 아니었다. 그냥 어디서든 무탈하기를, 자식의 존재 자체가 어디서든 무너지지 않고 무사하길 바라는 표정이었다고 했다.

멀리 있는데도 표정이 보였어? 로비가 물었다.

아니, 표정은 안 보였어. 그냥 서 있는 모습이 그랬어. 온몸으로 기도하듯 나를 향해 서서 지켜보기만 했어. 그 표정이 내내 잊히지 않았는데…….

나짐은 잠시 어떤 생각에 빠진 듯 침묵했다가, 어쨌든, 이라고 다시 말을 이어갔다.

아버지가 아프셔서 내가 돌봐드려야 해. 그래서 오래 돌아오지 못할 거야. 어쩌면 영영. 그것보다 내가 하고 싶은 말은, 로비, 네가 원하는 인생을 살아.

로비는 나짐을 쳐다봤다. 나에게는 이미 꿈이 있고, 원하는 게 있고, 분명한 목표가 있다고 말할까 했지만 그만두었다. 나짐의 표정은 여느 때와는 달리 장난기가 없고 진지한 얼굴이었으니까.

정말로 내가 원하는 걸 찾는 건 쉬운 일이 아니야. 자꾸 눈앞에 닥친 일들 때문에 보지를 못하니까. 사람들이 만들어 낸 것들을 따라가지 마. 네 안의 목소리를 들어.

로비는 나짐이 알 수 없는 말을 한다고 생각했다. 그래서 입을 삐죽이는데 나짐이 가방을 열더니 파우치를 꺼냈다.

로비, 이쪽으로 앉아봐. 머리 다듬어 줄게.

나짐은 로비를 거울 앞에 앉히더니 어깨에 천을 두르고 가위를 꺼내 머리카락을 조금씩 잘라내기 시작했다. 눈앞으로 떨어져 내리는 머리카락 때문에 로비는 눈을 감았다. 언제나 도시 전체에 부유하듯 흐르는 낮은 음악과 나짐의 손길에 서걱대는 가위질 소리와 머리카락을 가로지르는 빗의 감촉 같은 것들. 말이 사라진 자리에서 피어난 이 감각들을, 로비는 먼 훗날까지도 기억했다. 그리고 나짐의 목소리. 로비, 항상 건강하게 지내.

나짐이 잠수함에 타는 것을 배웅하는데 문득 나짐의 부모님이 떠올랐다. 올라타기 직전 나짐을 쳐다보는데 문득 로비도 그런 마음이 들었다. 나짐이라는 존재가 오롯이 무사하기를, 어디서든 건강하기를. 그리고 그건 나짐도 같은 마음이라는 것을 알았다. 나짐 역시 그런 자세로 로비를 향해 서 있었으니까. 그리고······.

잘 지내, 불쌍한 아이.

뭐라고? 나짐의 목소리가 너무 작아서인지, 아니면 나짐이 반납하느라 통역 기계를 떼어내서인지 그가 한 마지막 말을 잘 듣지 못했다. 나짐은 어깨를 들썩이더니 잠수함에 올라탔다.

나짐은 떠났고 그렇지만 로비의 생활에 큰 변화가 생기지는 않았다. 평소와 마찬가지로 일을 했고 훈련에 임했다. 그러는 동안 많은 사람이 떠났다 다시 돌아오거나 혹은 잠시 왔다가 떠나곤 했다. 가끔 기태와 마주치기도 했다.

로비는 한동안 자신의 알 수 없는 마음들을 지켜보았다.

나짐을 떠올리면 어쩐지 가슴속에 뭔가로 가득 차는 것만 같았다. 그건 언젠가 복도에서 마주친 기태의 눈빛 같기도 했다.

텅 비어버린 듯했고, 그 사이로 때로는 메마르고 또 때로는 물컹한 무엇이 뒤섞이는 듯했다. 그런 마음이 들 때면 로비는 창고 구역으로 갔다. 거기서 오래 파수꾼들을 지켜보았고 그들의 소리를 들었다. 그리고 이런 시간이 언제까지 반복될지 궁금해지기도 했다.

그러나 변화는 생각보다 빨리 찾아왔다.

*

센터장이 도시를 떠나게 되었다는 소문에 도시 전체가 술렁이기 시작했다. 도시를 떠나면 이제 다시는 돌아오기 힘들 거라고 했다. 저번에 도시를 둘러보고 갔던 육지 사람들이 그렇게 결정했다고 했다. 그건 그들이 원하는 것들을 센터장이 거부했기 때문이라는 소문도 있었다.

로비는 우연히 사무실에서 나온 센터장과 기태가 오래 이야기를 나누는 것을 봤다. 기태는 평소의 그 무심한 눈빛과는 전혀다른 표정을 짓고 있었다. 벽을 손으로 치기도 하고 센터장에게 뭔가 큰 소리로 얘기하는 것도 같았다. 마치 화를 내는 듯 보였다. 그러나 그 대상이 센터장은 아닌 것 같았다.

센터장이 도시를 떠나면서부터 육지에서는 더 많은 컨테이너를 바다로 내려보냈다. 그중에는 처음 보는 도구들도 있었다. 하나의 도시를 만들 수 있을 만큼 거대하고, 또 차가워 보이는 물건들이었다. 그리고 사람들도 내려왔다. 똑같은 작업복을 입은 사람들은 도시 곳곳을 누비며 무엇인가를 새로 만들거나 혹은 기존의 것들을 없애버렸다.

로비는 혹시 그들이 창고 구역을 없애거나 바꿔버리지는 않을까 전전긍긍했다. 아직은 창고 구역에 별 관심을 두지 않는 듯했다. 그러나 그것도 시간문제일 뿐이라는 것을, 창고 구역을 향해 걸어가면서 로비는 직감했다.

창고 문을 열고 들어간 뒤 어두운 실내를 더듬어 스피커를 켜고 창문 앞에 앉으려다 로비는 깜짝 놀라고 말았다. 빛이라고는 건물 바깥의 경광등밖에 없어 구분하기 힘들었지만, 의자에 누군가 앉아 있는 실루엣을 발견했다.

누구세요?

그러자 거대한 실루엣이 돌아보는 듯하더니 목소리가 들려왔다.

너였구나. 내 자리로 숨어든 게 누군가 했더니.

조명을 켰을 때 로비의 눈앞에 있는 건, 평소 무심한 듯 쳐다보던 기태였다.

*

　땅 위에서 자재들과 사람들이 내려온 뒤로 도시는 단지 분위기만이 아니라 물리적으로도 변하기 시작했다. 사람들은 새로운 구역을 건설한다면서 대륙붕 가장 끝 쪽에 새로운 건물을 건설하기 시작했다. 이전에 가져온 재료들은 새로운 건물을 짓기 위한 도구일 뿐이었다. 바다는 새로운 장비와 로봇들이 내뿜은 빛으로 늘 밝았고 소음이 끊이지 않았다.

　한번은 스피커를 켜놓고 바깥 소리를 듣다가 엄청난 굉음에 깜짝 놀란 적도 있다. 지금까지 이런 소리는 한 번도 들은 적이 없었다.

　아마 에어건 소리일 거다. 해저 지형을 살피려는 거야. 기태가 대답했다.

　언제부턴가 기태는 허락도 없이 로비의 공간에 불쑥 찾아오곤 했다. 로비는 그게 불만이었지만 한마디도 하지 못했다. 기태의 주장에 따르면 그곳은 원래 기태의 공간이라고 했다. 10구역이 되기 훨씬 전, 1구역이라고 불렸던 때부터.

　예전에는 그랬다고 해도 이제는 내 공간이에요. 그러니까 나가주세요.

이렇게 말해볼까, 잠시 고민했지만 그러지 않기로 마음먹었다. 그건 기태의 말에 설득되어서이기도 했다. 기태는 잠시 떠나 있었던 거라고 했다. 그리고 다시 돌아온 거라고. 잠시 떠났다 다시 돌아오는 건 도시가 돌아가는 법칙 같은 거였으니까. 로비를 제외하고는 모두 그렇게 했으니까.

대신 로비는 궁금했던 것들을 질문하기 시작했다.

왜 사람들이 바다로 내려와 살기 시작했어요?

기태는 인간이 그냥 놔두는 법을 잊었기 때문이라고 했다. 그건 깊이 숨을 들이마시고 내쉬는 정도만 여유를 가져도 되는 일인데, 그 여유마저 잊었기 때문이라고 했다.

그런데 왜 잊어요?

그건…….

기태는 사람들이 두려웠기 때문이라고 했다. 두려움 때문에 조급해지고 그 조급함 때문에 당장의 변화에 매달리고 안도하거나 혹은 불안해한다고. 남들보다 뒤처지면 안 된다는 두려움과 누구보다 빨리 더 많은 이익을 얻어야 한다는 욕심과 조급함 때문에, 땅을 파괴하고 하늘을 병들게 하고, 이제는 바다로 도망쳐 온 거라고.

하지만 로비는 이해가 되지 않았다. 분명 무에 관한 영웅담은 다른 것을 말하고 있었다. 인간이 바다에 발을 들인 것은 새로운 세계를 개척하여 보다 풍요로운 삶을 가져다준 모험이자 도전이었다고. 그리고 그것을 위해 한낱 인간의 몸으로 대자연에 맞선 무.

도대체. 기태는 잠시 생각하는 듯하더니 고개를 저으며 말을 이었다. 그런 얘기는 어디서 들은 거냐. 로비는 교육 시간에 영상을 통해 배웠다고 대답했다. 동시에 기태의 표정을 살폈다. 설마 기태도 들어본 적이 없는 얘기인 걸까. 그렇다면 도대체 교육 시간에 왜 이 영상을 로비에게 보여준 걸까. 만약 이게 정말 다른 사람들은 알지 못하는 거짓이라면, 로비가 지금까지 목표로 삼았던 것들은 다 무엇이었던 걸까.

내 친구는 그 이야기가 거짓말 같다고 했어요.

맞아. 로비는 시무룩해졌다.

하지만 다 거짓말은 아니야. 로비의 표정이 다시 밝아졌다.

기태에 따르면 인간이 바다를 향해 한 발 내딛기 위해 바닷속에 도시를 건설하기 시작한 것도, 그 과정에서 고래의 공격을 받은 것도 틀림없는 사실이었다. 그러나 인간들을 먼저 공격한 것은 고래들이 아니었다. 또한 인간 역시 고래가 살아가는 터전을 짓밟으려 의도적으로 행동한 것은 아니었다.

그러나 그럼에도 이미 고래들은 자신의 자리를 빼앗기는 중이었다. 오래전 사람들은 좋은 재료가 된다는 이유로 고래들을 사냥했다. 그때 무수히 많은 고래가 죽음을 맞이했고, 눈앞의 결과에 당황한 인간들은 뒤늦게 고래를 사냥 금지 대상으로 지정했다. 하지만 그 이후에도 고래들은 다른 방식으로 인간에게 죽임을 당해야 했다. 대형 함선들이 바다를 가로지르며 내는 엔진 소리며 석유와 같은 자원들을 채굴하기 위해 바다를 향해 발포하는 에어건 같은 것들. 고래는 소리로 보고 듣는다고 했다. 때로는 인간과 같은 방식으로도 소리 내고 듣지만 대부분은 인간과 다른 방식으로 말하고 보고 들었다. 그리고 인간들이 내는 소음을 피해 다니느라 터전을 잃었고 스트레스로 번식도 하지 못하기 시작했다.

물론 고래들의 죽음에는 분명 차이가 있었다. 예전에는 고래가 직접적인 사냥의 목적이자 대상이었으나, 지금은 아니라는 거다. 그러나 차이보다 중요한 건 공통점이었다. 직접적으로는 달라 보이는 이 고래들 죽음의 원인이 실은 모두 인간의 경제적 이익이라는 목적 때문이었다는 것, 그리고 인간은 그 눈앞의 이익에 눈이 멀어 이전의 실수를 여전히 반복한다는 것.

고래뿐만이 아니야. 이 바다의 모든 생명이 그렇게 사라져 가게 될 거야. 뒤늦게 자신들의 실수를 인정하며 피해를 최소화하자고 말하는 사람들이 있어. 그런데 그 말은 결국 피해가 발생하는 건 어쩔 수 없다는 걸 인정하는 거나 마찬가지잖아.

로비는 기태의 얘기를 듣는 내내 아무 말도 하지 않았다. 로비가 알고 있던 신화가 사실은 교묘하게 꾸며낸 얘기라는 사실에 충격을 받았기 때문이다. 하나의 사실을 다르게 말하는 사람들. 어쩌면 무에 관한 영웅담도 그런 것의 일종이었는지 모른다. 그런데 무엇보다 로비에게 중요했던 것은 어쩌면 눈앞의 기태가 무일지도 모른다는 예감이었다. 그리고 그 추측은 이내 사실임이 밝혀졌다.

　그런데 라쿤이라니. 그 이름은 네가 지은 거야?

　로비는 순간 대답하지 못했다. 영상에서 봤다고 믿고 있었는데, 실은 그 이름이 무에 관한 영상을 시청하던 중 로비가 자기도 모르게 덧붙인 이름인지도 모른다는 생각이 스쳐 지나갔다.

　어쩌면 마음으로 더 다가간 건 내가 아니라 너인지도 모르겠다. 나는 이름을 지어줄 생각 같은 건 하지 못했거든.

　그러더니 덧붙였다.

　나는 그때 라쿤을 물리친 게 아니야. 약속한 거야.

　그날 고래의 습격을 받았을 때, 그리고 현장을 지휘하던 그의 친구가 고래에게 딸려 바닷속으로 빠져들었을 때, 기태는 알 수 없는 경험을 했다. 친구를 구하겠다는 일념으로 바다로 뛰어들었지만 친구도 고래도 보이지 않았다. 기태는 점점 더 아래로 헤엄쳐 들어갔고 그럴수록 햇빛이 줄어들어 시야가 확보되지 않았다. 그런데 순간, 기태는 무엇인가가 자신의 근처에 있다는 사실을 기척으로 알아챘다. 몸을 돌려 그곳을 향했을 때 거대한 고래가 기태를 향해 있는 것을 발견했다. 별다른 움직임 없이 고요하게, 그러나 무언가를 질책하듯 기태를 향해 가만히. 그때부터 기태는 고래를 향해 약속하기 시작했다. 인간이 고래를 사냥하기 시작하면 고래도 살아남기 힘들었다. 그러니 아주 조금만. 아주 조금만 바다를 양보해달라고. 그러면 서로 피해 주지 않도록 서로 조심하면서, 그렇게 살아가자고. 말도 안 되는 일이었고 제정신이었다면 그런 행동은 하지 않았을 게 분명했다. 그러나 그 순간만큼은 기태도 진심이었다. 그건 애원 혹은 기도에 가까웠다.

그때 고래로부터 뿜어져 나오는 소리를 들었다. 그건 기태의 몸을 압도했다. 소리는 기태를 향해 오는 게 아니었다. 기태의 몸을 통과해 바다로 뻗어나갔다.

바다에는 소리의 길이라는 게 있어. 바닷속의 모든 소리가 한데 모여 아주 멀리까지 뻗어나가는 그런 통로 같은 거야. 아주 먼 거리에 있는 고래들이 서로 소통할 수 있는 것도 그 소리의 길 때문이거든.

기태는 그 순간 알았다. 지금 눈앞의 고래에게 기태가 건넨 다짐이, 그리고 그 말들이, 소리의 길을 통해 모든 바다로 전달되었을 거라는 걸. 그 약속은 단지 눈앞의 고래와의 약속이 아니라 바다와의 약속이라는 걸.

이 믿지 못할 일을 겪은 후, 기태는 새로운 상황들에 직면할 수밖에 없었다. 먼저 바다에 끌려 들어갔던 기태의 친구는 한참 동안 혼수상태로 병원 신세를 져야 했다. 그때 기태는 친구를 간병하면서 동시에 대중에게 알릴 자료를 준비 중이었다. 해저 도시 건설 과정에서 건설 방식이 인근 바다의 생명체에게 어떤 악영향을 끼쳤는지, 그것을 회사가 알면서도 어떻게 숨겼는지 알리기 위해서 말이다. 그런데 회사 쪽에서 협상을 제안했다. 어차피 이기지 못할 싸움이라며 그럴 거면 차라리 해저 도시를 건설한 뒤 그것이 자연과 인간 모두에게 안전하게 운영될 수 있게 직접 감독하고 관리할 수 있는 권한을 주겠다는 거였다. 또한 친구의 치료와 정상화를 위한 보상과 지원을 아끼지 않겠다고도 했다. 그때 기태는 어떤 선택을 해야 했을까.

그것도 일종의 거대한 무언가와의 싸움이었어. 어쩌면 그때 나는 비겁한 선택을 한 거야.

그리고 정신을 차렸을 때, 기태는 인류가 막 내디딘 해저 도시 개발을 선도하는 상징적 존재로 포장되어 있었다.

원래 그런 방식으로 돌아가는 거야, 신화라는 건.

기태는 씁쓸하게 웃으며 말했다. 그러면서 세상이 말하는 걸

곧이곧대로 믿어서는 안 된다고 덧붙였다.

그러면 뭘 믿어야 해요?

기태는 머리를 긁적였다.

글쎄다. 그건 누가 말해줄 수 있는 게 아니야. 너 스스로 찾아
야지.

그런데 이상하게도 그 순간 나짐의 말이 떠올랐다.

겉으로 드러난 모습에 당장 눈에 보이는 걸 해결하는 것도 중
요하지만 그것보다 중요한 건 근본적인 원인을 찾는 거 아닐까.
그걸 따져보고 네 마음의 소리를 들어.

*

기태가 들려준 이야기를 실감하게 된 것은 얼마 지나지 않아
서였다.

새로 부임한 센터장은 해저 도시가 위치한 곳에서 얼마 떨어
지지 않은 곳에 새로운 건물을 짓기 시작했다. 도시 사람들 대

부분 그 건물의 정체가 무엇인지, 어떤 용도인지 알지 못했다. 그것을 알게 된 건 건물이 완성되어 육지에서 대량의 컨테이너가 들어오기 시작한 이후였다. 평소와 마찬가지로 크레인이 컨테이너를 야드 트랙터에 옮기는 순간, 그 모습을 지켜본 사람 대부분이 입을 다물지 못했다. 그건 지상에서 배출한 쓰레기들이었다. 육지에는 더 이상 매립 장소도 소각장도 부족하다고 했다. 컨테이너에서 옮겨진 쓰레기들은 연결된 통로를 따라 새로 건설된 구역으로 이동하기 시작했다. 새로운 센터장이 도시의 모든 구역에 대한 출입 통제를 엄격하게 할 것을 지시했기 때문에 로비도 새로 지은 건물에는 가보지 못했다. 그러나 그 구역을 얼마나 크게 만들었든, 하루에 들어오는 쓰레기의 양이 저 정도라면 그 구역도 금방 꽉 차버릴 게 분명해 보였다.

도시의 이러한 변화가 인류는 물론이고 자연의 존폐에 영향을 미치는 얼마나 심각한 일이었는지를, 그리고 절망적인 미래의 시작이었다는 것을 지금의 로비는 이해한다. 직접 경험했으므로. 인간은 한번 발을 들인 이상, 절대 중간에 그만두는 일이 없었다. 하지만 정작 그 시기의 로비는 전체적인 변화만으로는 실감하지 못했다. 아직 어렸고, 더 성장해야 했으니까.

대신 다른 방식으로 깨닫기 시작했다.

창고 구역이 폐쇄된 것 역시 센터장이 새로 부임한 뒤의 일이다. 센터장이 부임한 이후로 도시의 많은 것이 변화했다. 육지에서 온 직원과 도시 상주 인원을 제외하고는 도시 출입이 철저하게 통제되었다. 또한 대부분의 상주 직원들도 교체되거나 더 보완되었다. 로비의 훈련도 더 강화되었다. 이제 로비는 수심 800미터까지 장비 없이 헤엄칠 수 있었다. 물론 아직도 감압 과정이 힘들기는 했지만 이를 위해 더 많은 약을 투약하고 더 오랜 시간 훈련을 해야 했다. 단 컨테이너를 청소한다거나 약을 배급하는 일에서는 제외되었다. 닥터 주가 제외해 준다는 표현을 쓰기는 했지만 그게 배려로는 느껴지지 않았다. 많은 인력이 제외되거나 교체되었음에도 기태는 여전히 도시에 머물렀다. 그건 예전에 썼던 계약서가 아직 유효하기 때문이라고 기태는 말했다. 혼자서 아무것도 할 수 없다는 것을 아는 거지. 기태는 씁쓸하게 웃었다. 여전히 기태는 오래전 라쿤과의 약속을 지키기 위해 고군분투하고 있었으나, 쉽지 않은 듯했다.

도시 근처에 찾아오던 심해의 파수꾼들도 더 이상 찾아오지 않았다. 매일 같이 소란스러운 도시 인근은 파수꾼들에게 적합한 서식지는 아닌 게 분명했다. 어쩌면 해저에 매립한 쓰레기 때문인지도 몰랐다. 어디에 있는지는 모르겠지만 로비는 파수꾼들을 떠올릴 때면 나짐의 부모님이 생각났다. 어디에 있든 무엇을 하든, 그들의 존재 자체가 무사하기만을 온몸으로 빌었다.

그리고 로비의 그 기도가 소리의 길을 따라 모든 바다에 전해지기를 간절히 원했다.

로비는 창고 구역이 폐쇄되었기 때문에 혼자 있어도 갈 곳이 없었다. 대신 바다로 나갔다. 이제 수심 650미터에서는 편안하게 헤엄칠 수 있었다. 바다에 나가 있는 동안 로비는 특별히 무언가를 하지 않았다. 대신 로비 자신이 꾸었던 그 꿈이 아직 유효한지 스스로에게 물었다. 바다에서 태어난 첫 번째 존재, 특별한 아이들 중 육지를 밟은 첫 번째가 되고 싶었던, 그렇게 신화를 만들고 싶었던 로비 자신의 꿈은 여전히 유효한가? 그 꿈이 로비 스스로 꾼 꿈인지 누군가가 주입한 꿈이었는지는 모르겠지만, 이제 상관없었다. 바다 깊은 곳에 쓰레기를 버려야만 하는 사람들이 살아가는 곳이라면 보지 않아도 뻔했다.

로비가 몸을 돌려 돌아가려는데 순간 누군가 로비를 부르는 소리가 들려왔다. 그건 귀로 들리는 소리가 아니라 온몸으로 들리는 소리였다. 소리는 해구 쪽에서 들려왔다. 로비가 헤엄쳐 갔을 때 거기에 고래 한 마리가 꼼짝하지 못한 채 몸을 비틀며 괴로워하는 중이었다. 로비는 더욱 깊게 헤엄쳐 들어갔다. 도시 개발의 손길이 해구까지 미쳤는지 그곳에는 막 건설 중인 자재 더미와 로봇이 잔뜩 쌓여 있었고, 그 자재를 덮어놓았던 그물에 고래의 지느러미가 걸려 있었다. 매우 괴로워 보였다. 로비는 쌓인 자재 더미 사이에서 적당한 도구를 찾아내 그물을 절단하기 시작했다. 미처 그물을 다 벗겨내지도 못했는데 고래는 수면을 향해 헤엄치기 시작했다. 로비는 문득 고래와 함께 바다를 가로지르고 싶었다. 그래서 그물을 놓지 않은 채 고래와 함께 바다 위로 상승하기 시작했다. 그 기분은 꽤 괜찮았다. 아마도 무리를 향해 가는 거겠지. 불현듯 이 녀석이 파수꾼 중 하나일지도 모른다는 생각이 들었다. 사라진 가족을 찾고 있을, 그리고 돌아온 가족의 모습에 함께 몸을 비비며 기뻐할 파수꾼들의 모습이 떠올랐다. 그리고 새로운 신화가 쓰이면 좋겠다는 생각도 했다. 바다에서 태어난 첫 번째 아이, 해저 도시 건설 현장의 고래를 구하며 바다 생명의 파수꾼이 되다. 어쩌면 이 신화는 늘 그랬듯 누군가의 목적에 따라 변형되고 재해석될지도 몰랐다. 그런데 어쩐지 상관없었다.

원래 그런 방식으로 돌아가는 거야.

로비는 이제 알 것 같았다.

이경란

2018년 『문화일보』 신춘문예에 단편소설이 당선되어 작품 활동을 시작했다. 대구에서 태어나 TV와 라디오, 만화를 섭취하며 성장했다. 가끔 도서관에서 놀았다. 그 시절 TV를 24시간 볼 수 있었다면 소설가가 되지 못했을 것이다. 아는 건 별로 없지만 음악을 좋아하고 이것저것 듣다 보면 대체로 록에 수렴된다. 소설집 『빨간 치마를 입은 아이』, 『다섯 개의 예각』, 장편소설 『오로라 상회의 집사들』, 『디어 마이 송골매』가 있다.

최소한의 나

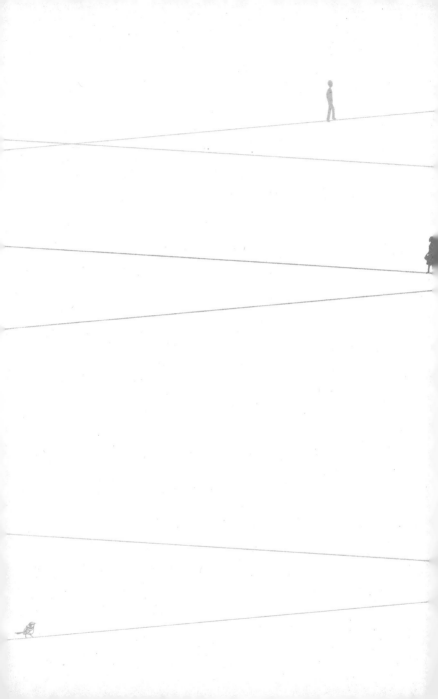

내가 그 산을 처음 본 건 작년 이맘때였다. 그때는 산이 아니었다. 작은 언덕이라고 해야 하나. 그것도 아니다. 작은 규모의 공사장에서 흔히 볼 수 있었던 모래 더미에 가까웠다. 그러고 보니 그런 공사장은 이제 볼 수 없게 되었다. 뭐든 지었다 하면 어마어마한 규모의 아파트 단지, 초고층 빌딩 같은 건물들이니까. 그런 곳에선 모래를 쌓아두지 않는다. 레미콘 차량이 반죽된 콘크리트를 쏟아붓지. 대량의 콘크리트 반죽이 빈 곳을 메우는 상상을 하면 그 안으로 빨려들 것만 같은 기분이 든다. 현장에 가본 적도 없으면서 어떻게 그런 기분이 드는지 좀 이상한 일이다.

네가 산을 좋아했던가. 암벽을 탄다고 했던가. 이젠 기억이 잘 나지 않는다. 어떤 일들은 그런 식으로 희미해졌다. 반대로 어떤 일들은 시간이 흐를수록 더 예리해지는 칼날 같다. 나의 가슴을 찔렀던 너의 말과 행동을 나는 잊지 못한다. 잊고 싶지 않은 건지도 모른다. 그것들이 너무나 자극적이어서 나는 오랫동안 다른 자극을 피하려고 죽을힘을 다해 웅크려 온 것일까. 공벌레처럼. 지금은 어디서도 찾아볼 수 없는 공벌레 말이다. 언젠가 네가 구두 끝으로 쓱 문질렀던 공벌레. 툭 건드리자마자 공처럼 몸을 만 그 벌레를 너는 갈등 없이 짓이겼다. 그 순간 네가 잠깐 미간이라도 찌푸렸더라면. 너의 그 태도를 나는 잊지 못한다.

우리가 처음 갔던 여행을 자주 떠올린다. 지나치게 자주 떠오른다. 그때는 너와 함께 어디론가 간다는 이유만으로 한껏 들떠 있었다. 여행 장소 같은 건 하나도 문제가 되지 않았고 여행지에서 시간을 어떻게 보낼까 하는 것도 전혀 중요하지 않았다. 오직 너와 같이 있고 싶은 욕망밖에는 없었던 시간이었다. 우리는 서로를 향한 싱싱한 욕망을 품고 있어서 다른 것들이 필요하지 않았다. 고급스러운 숙소나 편안한 차편 같은 것들, 혹은 값비싼 물건들과 기름진 음식. 그때는 필요치 않았던 이 모든 것들이 결국 너와 나를 갈라놓았나. 한때 우리의 모든 것으로 군림했다가 이제는 너의 신앙이 된 것들. 그것들이 숭배의 대상이라면 지금의 나는 배덕자라고 해야 할까?

어제 산 주변을 돌았다. 산은 우리 구역의 거대한 아파트 단지와 단지 사이, 내 집에서는 조금 떨어진 곳에 있다. 사람들은 참 뻔하지. 뻔하게 이기적이고 뻔뻔하고 대책이 없다. 자신들의 아파트 단지에 그 많은 쓰레기를 수용할 수 없다고, 수용하기 싫다고 단지 밖 공터에 내다 버리다니. 산은 금세 가파른 능선을 이루었다. 세탁기가, 냉장고가, 소파가, 침대가, 종류도 다양한 각종 살림살이가 밤마다 쌓이고 쌓인 위에 또 쌓이고 무너져 내려 산은 야금야금 그 영토를 늘려 나간다. 게다가 그 수많은 옷과 신발들. 상상할 수 있니? 지구의 모든 생명체 중에서 인간이, 오직 인간만이 그렇게 많은 쓰레기를 생산하고, 사들이고, 싫증 내고 가차 없이 내다 버려 곳곳에 거대한 산을 만들고 있다는 것을. 네가 사는 곳은 사정이 조금 다를 수도 있을까? 이 땅의 상위 1퍼센트에 들어야 살 수 있다는 그 지역의 주민들은 누구보다 많은 쓰레기를 만들어 내면서도 쾌적한 환경을 누리고 있을까? 버릴 곳을 잃은 수거업체들마저 두 손 든 지금에도 말이다.

어제 산 주변을 돌았다는 이야기를 하다 말았나? 어제는 날이 몹시 흐려 — 흐리지 않은 날이 없고 — 그곳에서 악취가 피어 올랐다. 악취는 이제 이 도시의 필수 성분이 된 듯하다. 악취는 산을 중심으로 하여 엉키고 설켜서 구렁이처럼 똬리를 튼 채 도무지 풀릴 기미가 없다. 그것들은 한 마리에서 두 마리로, 두 마리에서 세 마리로, 열 마리로, 백 마리로, 셀 수 없이 불어나 언젠가 도시를 통째로 삼킬 것이다.

그 아이를 또 보았다. 이번에도 나는 가까이 가지 못했다. 아이가 나를 보면 달아날까 봐, 공포에 질린 비명을 지를까 봐 두려웠다. 아이는 치렁거리는 옷을 입고 쓰레기 산을 헤집고 있었다. 웃옷도 바지도 작은 몸에는 지나치게 헐렁했다. 옷자락은 쓰레기와 쓰레기 사이에 끼이기도 했고 그것들을 건드려 굴려뜨리기도 했다. 아이는 자신의 몸집보다 큰 비닐 가방을 끌면서 다녔다. 한 손으로 끌다가 어딘가 걸리면 두 손으로 힘겹게 들어 올려 옮겨놓기도 하면서. 가방에 무엇이 들었는지 궁금했으나 물어보지 못했다. 아무래도 아이는 버리러 온 사람이 아니라 주우러 온 사람으로 보였다. 아이는 무엇을 주우려고 왔을까? 어쩐 일인지 나는 그 아이가 특별한 무언가를 찾는 것 같았다. 그저 쓸모 있는 물건이나 돈이 되는 물건을 찾아 헤매는 것 같지는 않았다는 뜻이다. 하지만 정말 그랬을까? 그 아이에게 특별한 무언가가 그 산에 있을 수도 있었을까? 과연 무엇이?

우습지? 누군가는 끊임없이 소비하고 내던지는 역할을, 누군가는 그것들을 헤집어 무언가를 거두는 역할을 맡는다는 사실이? 아니, 아니. 너는 그런 일에 통 관심이 없을 테지. 나는 자꾸만 잊는다. 네가 얼마나 네게 무익한 사람에 무관심한지, 네게 유익한 사람에게 예민한지를.

네가 산을 좋아한다고 했던가? 케이블카를 타고 정상에 올라가 아래를 내려다보면 통쾌하다고 했던가? 집라인을 타고 스피드를 즐길 때 짜릿한 그 느낌이 성공의 쾌감과 닮았다고 했던가?

돈이 생기면 케이블카를 타고 오를 수 있는 곳으로 가자.

남쪽의 산, 깊은 계곡에 쳤던 텐트를 걷으며 네가 말했다.

돈이 생기면.

우리에게 그 말이 다소 절박했기에 나는 '케이블카를 타고'라는 뒷말을 흘려보냈다. 못 들은 걸로 하고 싶었다. 케이블카를 타고 단숨에 산꼭대기에 오르듯 너도 무서운 속도로 정상에 도달하기를 꿈꾸었나? 초고층 빌딩의 사무실과 펜트하우스, 고급 호텔의 라운지, 비행기의 일등석. 너의 꿈이 그런 것들이었음을 나는 조금씩 알아나갔다. 그럴 수 있다고 생각했다. 그 정도까지는 아니었지만 나의 꿈도 방향은 같았으니까. 다달이 월세를 걱정하지 않아도 되는 전셋집, 정기적으로 인상되는 전세금을 걱정하지 않아도 되는 내 집, 먼 거리를 이동할 때나 짐이 많을 때 좀 더 편하게 움직일 수 있는 승용차 같은 것. 나도 그 정도의 생활은 누리고 싶었다. 그때만 해도 모피 코트를 두른 부자를 혐오하면서도 가죽 구두를 신는 사람이었으니까. 회식 자리에서 삼겹살을 부지런히 집어다 먹는 사람이었으니까. 우리가 열심히 일하고 낭비하지 않는다면 가능할 거라는 희망이 있었다. 그런 희망이라면 숭배할 가치가 있다고 믿었다. 주말이면 늦잠을 자고, 오후 햇살을 받으며 천천히 산책을 하고, 영화관에 가서 마음에 드는 영화를 보는 동안 손을 더듬어 잡기도 하는 시간을 누릴 수 있을 거라는 희망. 그리고 언젠가는, 우리를 닮은 아이가 잠투정을 하느라 칭얼거릴 때 상대가 깰까 봐 서둘러 아이를 안고 달래는 날이 올지도 모른다는 희미한 기대도.

그 아이는 아직 아이답게 칭얼거릴 수도 있었을 것이다. 자기 몸집보다 큰 비닐 가방을 끌고 다니기보다 장난감이나 동화책이 어울릴 그 아이에게는 마땅히 그럴 권리가 있어야 한다. 무엇 때문에, 무슨 일을 겪었기에 아이는 그런 모습을 하고 쓰레기 산을 뒤지고 있었던 걸까? 그런 풍경을 본 적 있나? 보게 될 거라고 상상해 본 적 있나?

지구상의 모든 일은 돈 때문에 벌어진다.

네가 말했다. 너의 말은 반은 맞고 반은 틀렸다고 말하고 싶었으나 나는 자신이 없어졌다. 돈이 있으면 좋은 집에 거주할 수 있을 것이고, 돈이 있으면 원하는 만큼의 재화를 가질 수 있고, 살고 싶은 방식으로 살 수 있을 것이다. 너의 말을 나는 암묵적으로 수긍했다. 완전하지 않은 수긍이었다. 그렇게 살지 않는 지구인도 있다. 네가 인정하고 싶지 않은 사람들. 너와 대립하고 싶지 않았으므로 나는 그 말을 하지 않았다. 나의 침묵이 네게는 완전한 수긍이었을까? 그때 네 눈은 진리를 설파하는 자로서의 자부심에 빛났으나 나는 그 빛에 가려진 패배 의식을 보았다. 그리고 너의 말과 말 사이 다소 빨라진 호흡은 거꾸로 나를 움츠리게 만들었다. 데일 것 같았다. 네 뜨거워진 욕망은 식을 줄 모르고 기세 좋게 타올랐다. 무분별하게 쓰레기를 소각할 때 나는 시커먼 연기 같았지.

그런 연기를 너와 같이 보았다. 제대로 된 소각로에서 태워야 한다고 내가 말했을 때 비용의 문제라고 너는 차갑게 나의 말을 처리했다. 비용 때문에 저런 식으로 쓰레기를 처리하면 안 된다고 내가 비난하자 너는 어깨를 으쓱하고 말았다. 너에게는 그런 일이 하나도 중요하지 않았던 것이다. 약속을 어기고 무분별하게 쓰레기를 태워 발생하는 유독가스가 공기 중에 흩어진다. 그런 일이 계속되고 그보다 더한 일도 반복된다. 이를테면 네가 매일 타고 다니는 승용차, 네가 먹는 스테이크, 네가 주저 없이 사들이고 금세 싫증 나 내버리는 엄청난 양의 쓰레기들. 플라스틱들, 비닐들. 게다가 지나치게 자주 다니는 항공 여행. 어느 시골에서 우리가 보았던 쓰레기 소각은 참으로 소박한 문제에 불과했다. 나는 나중에 알게 되었다. 두 직선이 미세한 각도로 벌어지기 시작하면 끝내 다시 만날 수 없다는 진실을. 너와 내가 겹쳐진 건 잠시였을 뿐 교차점을 통과한 후로는 내내 다른 지점을 향해 뻗어가는 직선이었음을.

교차점을 이루었을 때 우리는 같은 일을 하고 있었다. 사들이고 또 사들이고, 소비하고 더 소비하도록 부추기는 일이었다. 필요를 발명해 내는 생산업체와 놀라운 발명품들을 퍼뜨리는 유통업체의 구미에 맞춰 인간들의 탐욕을 부추겼다. 당신은 구매할 수 있다고 용기를 불어넣었고 구매해야 뒤처지지 않는다고 조바심을 자극했다. 우리는 일을 썩 잘했다. 달콤하게 유혹할 줄 알았고 적당히 위협할 줄 알았다. 우리 또한 유혹에 약했고 위협에 쉽게 굴복하는 쪽이어서 그들의 속성을 아주 잘 알았으니까. 욕망이라면 나도 만만치 않았다. 그래, 그랬다. 나는 성취하고 싶었고 잘살고 싶었다. 너와 함께했던 한 시절, 나는 그런 사람이었다. 불안과 의심을 봉인해 두고 외면할 줄 아는 사람이 었다.

출세하고 싶었어.

출세라는 말을 내뱉고 나니 그 말의 어딘가에서 신선하고 솔 직한 냄새가 난다. 뭐랄까, 갓 구운 빵 냄새 같다고 할까? 기억 나니? 파리의 마레 지구에서 우리는 아침 산책길에 길을 잃었 지. 드물게 여유로운 출장길이었다. 그런 기회는 쉽지 않았는데 운 좋게도 우리에게 그 일이 떨어졌다. 실은 약간의 포상 휴가 비슷한 출장이었다. 그게 아니라면 시차 걱정은커녕 출장지에서 조차 밤샘이 예비되어 있었을 것이다. 이른 아침의 마레 지구에 서 우리는 천천히 걸었다. 고풍스러운 그 지역에 스며든 시간의 가치를 낱낱이 이식해 오기라도 할 것처럼 그렇게 천천한 걸음. 이런 기회를 쟁취하다니. 우리는 감격했다. 우리는 목표를 향해 돌진만 할 줄 알았기에, 단 한 번도 에두른 적 없었기에 천천한 걸음은 최초의 사치 같아서, 길은 쉽게 찾아지지 않았으나 그마 저도 좋았다. 박석이 깔린 고요한 길은 안개가 아직 다 걷히지 않았고 아무도 없는 거리는 우리가 소유했다. 우리의 거리에서 긴 입맞춤을 나누었을 때는 온 우주에 둘만 존재했다. 그 순간 어디선가 풍겨왔던 달콤한 버터 냄새. 빵 반죽이 익는 따뜻한 냄새였다.

빵 냄새가 어땠는지 기억이 흐리다. 어쩌지 빵을 구울 수도 있을 것 같다. 스타터를 구해서 밀가루를 먹여가며 냉장고에서 키우고, 그중 일부를 덜어 빵을 굽고 나머지는 다시 밀가루를 더해서 발효시킨다는, 그런 식으로 몇 대째 반죽을 물려받을 수도 있다는 이야기를 어디선가 읽었다. 몇 대라고 했다. 내가 지금 스타터를 구해서 반죽을 뭉쳐놓으면 그걸 누가 물려받게 될까? 내 다음 세대가, 혹은 그다음 세대가 과연 존재하기나 할까? 인간은 효모보다 빨리 사라질 운명 아닐까? 그리고 무엇보다도 내게는 냉장고가 없다.

너와 함께했던 그 집의 대형 냉장고가 기억난다. 집에서 식사를 할 시간도 없는 주제에 냉장고는 언제나 가득 차 있었다. 무엇이 들어 있고 그중 무엇이 썩어가는지조차 알지 못하면서 말이다. 그뿐이 아니었다. 우리는 김치냉장고와 냉동고도 들여놓았다. 아니지. 우리가 들인 게 아니라 그 집에 붙박여 있던 가전제품들이었다. 모조리 대용량이었으나 안에는 여유 공간이 남아 있지 않았다. 시장조사를 한다는 허울 좋은 핑계를 내세워 우리는 경쟁적으로 쇼핑 앱의 주문 버튼을 눌렀고 날마다 새롭게 쌓이는 배송 상자들을 그날 다 풀어보지도 못한 채 방치했다.

둘이 살기에 넉넉했던 공간은 점차 물건들에 점령당했다. 우리가 실제로 사용한 공간은 겨우 침실, 겨우 소파, 겨우 욕실, 겨우 식탁의 일부, 겨우 서재의 일부에 불과했다. 그조차도 잠깐에 그쳤다. 우리의 공간은 사람보다 물건에 최적화된 곳이었다. 최신형, 초대형의 가전제품들, 다량의 신제품들에. 대형 냉장고는 썩어가는 음식물이, 대형 드레스 룸은 계절이 바뀌어도 손길 닿지 않는 신상 의류와 가방이, 서재의 책장은 결코 읽히지 않을 책들이, 주방의 수납장은 단 한 번도 사용되지 않은 실버 웨어와 디너 세트가 점유했다. 트렌드에 민감했던 우리가 주문한 똑같은 책이 거의 같은 시기에 배송되기도 했다. 너는 그중 하나를 휴지통에 처박았지. 아무 미련도 없이. 우리가 누린 건 주문하는 행위였던 걸까. 그 물건들을 제대로 사용하지도 못하면서. 우리는 결국 물건을 위해 일하고 물건을 위해 집을 샀던 건가?

　지금의 내 집도 그러하다.

　네가 이곳을 보게 된다면 어떤 표정을 지을까? 나는 그것이 몹시 궁금하다. 아니다. 궁금하지 않다. 나는 그 표정을 안다. 그 표정을 만드는 찌그러진 입매, 눈가의 미세한 주름, 좁아진

미간을 선명하게 기억한다. 그것이 나를 밀어냈다. 동시에 나도 너를 밀어냈다. 네게는 거울을 보듯 너와 동일한 표정의 내 얼굴이 남아 있을지도 모르겠다. 그게 아니라면, 너는 혹시 나라는 존재를 송두리째 도려냈을까? 어디서도 만난 적 없다고 믿고 싶을까? 한동안 우리는 최대한의 면적을 맞붙인 상태였으나 너와 나 사이를 비집고 들어온 척력은 시간에 비례해 막강해졌고 그것은 불가역적이었으므로 네가 그렇다고 해도 나는 너를 이해한다. 이해하고 싶다. 하지만 씨발, 왜 그래야 하지?

욕은 하지 않겠다. 우리는 서로에게 욕할 자격이 없다. 누군들 그럴 자격이 있겠니? 하던 이야기를 마저 하겠다. 집 이야기를. 내 집 말이다. 내 집도 물건에 점령당했다. 나는 두 발을 온전히 뻗고 누울 공간이 없는 방에서 몸을 웅크린 채 잠이 들곤 한다. 잠 속으로 빠져들 때 나는 생각한다. 태아의 자세로군. 우리가 함께 보았던 흑백 초음파 사진 속에서 자그맣게 몸을 말고 있던 그 아기의 자세를 떠올린다. 간절히 원한 바 없었지만 기척 없는 손님처럼 깃든 그 아기를 우리는 그럭저럭 기뻐했다. 그럭저럭이라고 표현하고 나니 미안하다. 네가 아니라 아기에게. 물론 기쁘지 않았던 건 아니다. 다만 우리의 계획에는 아직 없었던 일이었고, 따라서 아무 준비도 되지 않았기에, 그러니까 우리가 누리던 시간과 재화를 아기에게 나눠주겠다는 각오가 서지 않았기에, 당혹스러움이 기쁨을 조금 밀어냈다. 그랬던 것 같다.

돈을 더 벌어야겠다.

작은 흑백사진을 보며 네가 말했다.

충분히 있어.

내가 말했다.

충분한 돈이란 지구상에 존재하지 않아.

네가 다시 말했다. 네게 지구란 낱말은 그럴 때 사용하는 기표였다. 그때마다 너는 지구상의 상위 몇 퍼센트에 해당하는지 가늠하는 것 같았지. 나라고 달랐을까? 나도 그랬다. 너만큼 매사를 치밀하게 계산하지는 않았지만 너의 지향이 동시에 나의 지향이었다. 하지만 지향이란 언제고 방향을 틀 수도 있지. 지금 그 이야기를 하고 있다.

집 말이다. 그래 나의 집. 나의 집이 물건들에 점령당했다는 말까지 했나? 그때와는 다른 물건들이 내 집을 점령했다. 나는 버려진 물건들 사이에 몸을 누인다. 이것들을 어떻게 해야 할지 알 수 없어 미칠 것만 같다. 미쳤나 봐. 누군가 나를 두고 그렇게 말했다. 나는 이미 미친 걸까? 아니다. 이렇게 말하면 안 된다. 고통받는 이들을 미쳤다는 말로 혐오하고 배척하면 안 된다. 적어도 나만은 나를 그렇게 표현하지 않겠다. 사람들이 이미 나를 혐오하고 배척하는 마당에. 나의 무엇이 전염되기라도 할까 봐 눈도 마주치지 않는 마당에. 그러라지. 아무 상관 없다. 나는 견딜 수 있다. 그러나 그들이 옳지 않음을 안다. 아닌가? 나는 정말 정신을 앓고 있는 걸까? 사람들의 태도가 옳은 것인가?

은행 잔고가 얼마나 남았는지 모르겠다. 나는 더 이상 무언가 만들어 내지 않으므로 수입이 없다. 재화든 용역이든 생산하지 않는다. 나의 수입을 위해 훨씬 더 치명적인 무언가를 치러야 하는 것을 참을 수 없다. 무엇인가 만들어 내고 어떤 형태로든 에너지를 사용하고. 그런 짓을 하고 싶지 않다. 나는 돈을 거의 쓰지 않고 몸을 최소한으로만 쓰는데도 생존 비용을 치러야 한다. 전기를 거의 쓰지 않는데도 전기 요금은 징수되고 소량이지만 물을 쓰고 있어서 수도 요금을 납부해야 한다. 가스도 마찬가지다. 이런 상태라면, 내가 아니라 지구가 이런 상태라면 조만간 전기도, 수도도, 가스도 모조리 끊어질 것이다. 그때에 대비해야 한다. 현관에 놓인 생존 배낭을 본다면, 그럴 일은 없겠지만, 너는 하, 하고 코웃음을 치겠지. 그러나 그 일에 대해서는 지금 말하지 않는다. 지금은 하던 이야기를 해야 한다. 내 집에 쌓인 물건들 이야기를 하고 나면 다른 이야기를 해보려 한다.

내 집에 물건이 쌓이기 시작한 이유는 단순하다. 버릴 수가 없어서였다. 버릴 수 없는 이유는 그러나 단순하지 않다. 우선 말해두자면 아까워서 버리지 못하는 물건은 없다. 물건들은 아깝지 않다. 내가 사용할 계획이 있는 것도 아니다. 꼭 필요하지도 않다. 옷을 버릴 수 없는 이유를 말해볼까? 내게 필요한 옷은 이제 계절마다 적당히 몸을 가리고 드러내는 용도로 최소한의 수량만 있으면 된다. 세탁해서 말리는 동안 벗고 있을 수는 없으니까. 내 피부를 목격하는 일은 내게도 쉬운 일이 아니다. 전과 달라진 피부는 번번이 나를 놀라게 한다. 언제까지나 익숙해지지 않을지도 모른다. 세탁도 예전만큼 자주 하지 않는다. 보통의 수준에 현저히 못 미치는 정도로, 최소한의 최소한만. 필요이상의 세탁을 하느라 물과 세제를 사용하고, 맑은 물을 더럽히던 습관은 벗은 지 오래다.

옷이 너무 많네.

드레스 룸에서 너는 그렇게 말했다. 커다란 드레스 룸을 꽉 채운 옷들 사이에서, 제대로 정리조차 하기 어려운 옷 무더기들 사이에서, 무슨 옷이 있는지도 알 수 없을 정도로 빼곡하게 들어찬 옷들 사이에서 네가 말했다.

그래도 입을 옷은 없다.

내가 말했다. 그것은 사실이었다. 어제와 다른 옷, 그저께와 다른 옷, 그끄저께와 다른 옷을 입어야 했던 내가 그렇게 말했다. 기억이 나를 방해한다. 나는 지금의 나를 말하고 싶은데 기억이 끊임없이 그것을 만류한다. 왜, 그러면 안 된다는 무의식이 의식하는 나를 붙잡는 건가. 너라는 기억은 대체 언제까지.

어쨌거나 계속해 보겠다. 우연이었다. 검색한 것이 아니다. 우연히 그 영상을 보았다. 보았으나 끝까지 보지 못했다. 길지 않았지만 끝까지 볼 수 없었다. 옷의 산에 위태롭게 선 염소였나, 소였나, 이젠 그것도 확실치 않다. 중요하지 않다. 중요한 것은 옷자락을 질겅거리며 삼키는 소였나, 염소였나, 그것들의 우물거리는 주둥이와 제대로 씹지 못했을 섬유 조각이 넘어가느라 꿀렁거리는 목줄기였다. 침대에서 그 영상을 보다가 시트와 이불에 토했다. 화장실로 달려가 바닥에 토했다. 드레스 룸에 들어설 때마다 토했다. 내가 섭취한 모든 음식물을 게워 내고 쓰디쓴 액체가 올라올 때까지 토하곤 했다. 토한 자국 같은 발진이 피부 여기저기에 돋아났다. 내가 이렇게 된 게 꼭 그 일 때문이라 할 수는 없지만 아니라고 할 필요도 없다. 뭐든 바꾸려면 그 원인과 필요가 언제나 편을 지어 우르르 몰려오게 마련이다.

지금 내 집에 봉분처럼 쌓인 옷들을 봐도 나는 토하지 않는다. 그 옷더미는 내가 구해낸 것들이거든. 멀쩡한 옷들. 입히지 않는 옷들. 충분히 쓸모 있으나 선택되지 않는 옷들. 함부로 생산되고 함부로 유통되어 주인을 만났으나 곧 외면당하고 쓰레기통에, 의류 수거함에 내쳐진 옷들. 저것들이 돌고 돌아 염소인가, 소인가의 목구멍으로 넘어간다. 그것을 상상하면 나는 아무 데서나 또 구역질이 난다. 저 옷들을 어디론가 치워버리고 싶다. 그러나 어디로? 어디로 치우면 돌고 돌아 다른 생명체의 위장으로 들어가지 않고, 소각되어 유독가스를 내뿜지 않고, 매립되어 오랫동안 땅의 생명을 갉아먹지도 않고 감쪽같이 사라질 수 있나?

산에서 보았던 아이에게 줄 적당한 옷을 찾으려고 옷더미의 바닥까지 헤집었다. 옷 먼지가 풀썩거리며 피어나 금세 목이 따가워졌다. 햇살이 비쳤다면 춤추듯 반짝이며 부유하는 먼지 알갱이들이 육안으로 보였을 것이다. 그런 광경은 이제 사라졌다. 투명한 햇살이 어떤 것인지 아마 그 아이는 모를 것이다. 본 적이 없을 테니까. 대기는 원래부터 음습하고 부연 줄 알 테니까. 목덜미와 팔 안쪽의 피부가 다시 따끔거리기 시작한다. 참느라고 참아도 어느새 긁게 될 것이다. 괜찮다. 그 정도는 별것 아니다. 아이에게 어울릴 만한 예쁜 가방과 튼튼한 운동화를 찾아내려고 나는 다른 방으로 들어간다. 거기에는 가방과 신발이 쌓여 있다. 꽤 큰 무덤 같다. 후손들이 돌보지 않아 허물어져 가는 봉분처럼 생겼다. 균형미를 잃은 무덤에는 배낭이, 토트백이, 캐리어가, 등산화가, 하이힐이, 니하이부츠가, 바닥에 껌이 붙어 있는 스케쳐스가 아무 규칙 없이 엉키어 있다. 아이의 몸에 맞는 크기를 나는 잘 가늠하지 못하겠다. 아이를 키워보지 않은 인간은 아무래도 그런 식의 섬세한 감각을 갖기 어렵다.

우리에게 와준 아이를 우리는 놓치고 말았다. 그때 네가 울었는지 내가 울었는지 둘이 같이 울었는지 혹은 아무도 울지 않았는지 기억나지 않는다. 그때의 감정이 어땠는지 기억하고 싶지 않다. 그 일을 떠올리면 음식의 기억에 묻어오는 냄새처럼 잘 알겠다가도 신뢰할 수 없는 심정이 되고 만다.

괜찮아.

너의 말을 나는 의심했다. 의심이 되었다. 어떻게 괜찮을 수 있지? 나는 안 괜찮은데? 괜찮다는 말이 너의 상태였는지 방어의 언설이었는지 판단하지 못해 혼란스러웠다. 너는 몇 번이고 괜찮다고 말했고 그 몇 번을 채운 후 다시는 그 일을 언급하지 않았다. 그 몇 번의 사이와 사이에 너는 말했다.

우리의 삶을 충실히 살자.

네가 상정한 우리의 삶은 그러나 너의 삶으로 해석되었다. 내가 잠시 꿈꾸었던 우리의 삶에는 아이가 포함되었던가? 나는 잘 모르겠다. 이 더러운, 타락한, 황폐한, 불가역적인 세계를 아이에게 물려줘도 된다고 내가 정말, 어떻게, 그런 생각을. 하긴 했나?

언제부터였는지 잘 기억나지 않는다. 나는, 네가 없는 날들의 나는 나를 해치고 싶었다. 너와 함께 '출세하고 싶'어서 안달이 나 있던 나를 혐오하면서, 더는 그렇게 살 수 없게 된 나를 동시에 증오하면서, 아무것도 아닌 내가 되고 싶었다. 아무것도 아닌 것이 되면, 이 말은 아무래도 모순이지만, 그런 마음조차 아무것도 아니게 될 테니까.

닫힌 방문 안쪽에서 부스럭거리는 소리가 난다. 이것은 환청일까? 문을 제대로 열 수 없을 지경으로 무언가 들어차 있는 방이다. 폐비닐과 플라스틱 제품들. 비닐을 납작하고 작게 접어 수십 개를 다른 비닐봉지에 눌러 담고 그런 식으로 꽉 채워진 수십, 수백 개의 봉지들을 무질서하게 쌓아두었다. 생각나니? 비닐 대란이 벌어졌을 때 사람들이 말했다.

돈을 주라고. 그럼 가져갈 거 아냐.

우리의 쓰레기장이었던 이웃 나라에서 쓰레기 반입을 금지했다는 뉴스 뒤에 비닐은 돈이 안 되기 때문에 안 가져간다는, 의류나 종이에 끼워 팔기 때문에 그동안은 어쩔 수 없이 수거해 갔다는 설명이 뒤따랐다. 괴담 같기도 했고 디스토피아 영화의 대사 같기도 했다. 아파트의 재활용품 수거장에 비닐이 쌓이고, 쌓인 비닐이 봄바람에 날렸다. 주민들은 비닐 배출을 금지당했다. 베란다에 비닐이 쌓였다. 며칠 사이 그토록 많은 비닐이 배출된다는 사실이 놀라웠다. 주민 중 누군가 새벽에 몰래 비닐을 내놓았다. 한둘이 아니었다. 울타리를 쳐놓은 수거장에 경고문이 붙었다. 경고문은 공동 현관과 엘리베이터 내부에도 붙었다. 관리 사무소에서 CCTV를 돌려보겠다고, 책임을 물리겠다고, 엄포를 놓았다. 주민들은 가소롭게 여겼다. 그들이 부담하는 관리비가 직원들의 월급이 되었으니까. 주민들은 인내와 불편에 익숙하지 않았으나 어느 쪽이 권력인지 능숙하게 파악했다. 오물이 묻은 비닐이 쌓이고 악취가 더해갔다. 수거장뿐 아니라 우리 집 베란다에도. 어느 아침, 말끔해진 베란다를 발견했을 때 너는 의기양양하게 웃었다. 종량제 봉투에 버리면 되는 거였다고, 마냥 기다리는 건 미련한 짓이라고 말하면서.

간단하지. 돈을 쓰면 되는 일이라니까.

봉투 한 장에 얼마나 한다고 그걸 안 하냐고 너는 비웃었다. 그런 문제가 아니라고 나는 반박하려 했다. 하려 했으나 못 하고 말았다. 스펀지 벽을 상대로 공을 던지는 일이었다. 그즈음 나는 자주 비웃음의 대상에 포함되었다. 효율과 속도가 우리를 훼손한다고 말했기 때문이다. 그럴 거면 죽는 수밖에 없다고 너는 나를 조롱했고, 화가 난 나는 — 지금도 화가 난다 — 그것들이 우리의 아이를 훼손했다고 말했다. 그 말은 네게 책임을 들 씌우는 폭력이라고 분노하던 너. 그 일이 비닐 대란 이전이었나, 이후였나? 이제 와서 순서 따위.

결국 다 해결되게 되어 있어.
뭐가?
뭐든.

어떻게?

　그걸 정말 몰라서 묻느냐는 듯 나를 보던 눈빛이 금세 바뀌었
다. 마치 파손된 휴대폰 액정 같았다. 무수한 금들로 화면이 빛
을 잃듯 네 눈동자 안에서 나는 박살 났다. 너는 그것을 해결이
라고 불렀다. 눈에 안 보이면 해결인가? 그래서 너는 스스로 해
결되었나? 너로부터 나를 해결해 버렸나?

　저 방에서 나는 이상한 소리를 나는 어떻게 해결해야 하나?
저것은 비닐끼리 밀어내고 미끄러져 나는 소리인가? 허술한 빌
라의 1층은 어디론가 벌레가, 혹은 쥐가, 혹은 고양이가 침입할
수도 있겠지. 다행인 점은 아이의 옷과 신발, 가방은 그 방에 들
어가지 않고 찾을 수 있다는 것이다. 아이의 몸에 맞을 만한 티
셔츠와 윗도리와 바지를 찾는다. 가급적 깨끗한 것으로 고른다.
마음이 급해져서 이것들을 세탁할 여유가 없다. 그리고 신발.
제대로 된 한 켤레를 골라내는 데 나는 인내심을 발휘해야 한
다. 애당초 이 물건들은 재사용하기 위해 주워온 것이 아니기
때문이다. 그랬다면 짝을 맞추어 보관했을 것이다. 보관이라니.
물건을 맡아서 관리하는 일이 보관이다. 쓰임을 전제로 한다는
의미. 내 집의 물건들은 쓰이지 않아서 버려진 것들인데. 아무
데도 쓰이지 않을 거여서 막무가내로 쌓여 있는데.

아이가 이것들을 받지 않을까 봐 염려된다. 어쩌면 다가갈 기회가 없을 수도 있다. 아이는 사람들과 접촉하지 않는 것 같다. 산에서 사람들은 서로 접촉하지 않는다. 보아도 못 본 척할 따름이다. 의식하지 않는 것은 아니다. 거리를 의식한다. 가까워지지 않도록 조심하는 동작이 내 눈에는 보인다. 그들은 각자의 가방에 무언가를 가끔 집어넣으면서 산을 살핀다. 무엇을 주워 드는지는 잘 보이지 않는다. 나도 종종 커다란 자루 같은 가방을 어깨에 걸고 산을 돌아다닌다. 쓸 만한 것들을 가려내는 게 아니라 쉽사리 썩지 않는 물건을 골라낸다. 사실 골라낼 필요도 없다. 대부분 썩지 않는 것들이다. 가방은 금세 가득 차버리고 나는 그것들을 가져와서 쌓아둔다. 다른 사람들은 아마도 돈이 될 만한 것들을 구하러 올 것이다. 아이도 그런 걸까?

며칠 동안 아이를 보지 못했다. 아이는 이제 영영 오지 않을지도 모른다. 아니면 나와 시간이 엇갈렸을 수도 있다. 나는 점점 더 자주 산으로 갔다. 어느 날은 주변을 빙빙 돌면서 한나절을 보내고 잠시 돌아왔다가 다시 가서 한나절을 더 보냈다. 무엇 때문에 아이가 마음에 걸리는 걸까? 아이는 내게 아무도 아니고 나 또한 아이에게 아무도 아닌데. 왜 이다지도 아이에게 붙들려 있을까?

집요하다.

내게 너는 그렇게 말했다. 내가 일할 때보다 훨씬 집요해졌다고. 그것은 분명 비난이었다. 우리는 생활을 꾸릴 경제적 여유가 충분했으나 내가 모든 사회 활동을 그만둔 후 너는 점점 더 자주 나를 비난했다. 내가 너의 피부양인이 되었다고 표현했다. 나를 부담스러워했고 어딘가 망가진 기계처럼 취급했다. 하지만 기계는 너였지. 너는 기계처럼 정해진 매뉴얼대로만 사고하고 행동하는 사람이었다.

그만둬도 내가 그만둬야 하는 거 아니니?

너는 그럴 생각이 전혀 없으면서 오직 나를 공격하기 위해 그렇게 말했다. 너는 네 몸에 품었던 아이를 잊었고, 나는 잊으려 했다. 잊으려 해도 잊히지 않았다. 왜 그런 일이 생겼을까 곱씹어 보면 시간이 지날수록 더욱 억울했고 분했고 안타까웠다. 그런 내가 너무 당황스러웠다. 당황에 대해 말하자면 너도 마찬가지였다. 너는 그런 나를 당황스러워했다. 감정에 휘말리는 나를 못 견뎌 했다. 내가 만드는 친환경 세제나 연료를 사용하지 않고 차린 음식 같은 것들을 하찮게 여겼다. 아무렇지 않게 버렸다.

내가 장바구니로 들고 다니던 천 가방으로 네 구두의 먼지를 닦았다. 오직 나를 상처 내기 위해. 나는 네가 자주 무서웠다.

아이에게 먹을 것을 좀 가져다줄지 고민하고 있다. 내가 먹는 것들을 아이도 먹을까? 견과류와 곡물 가루와 낙과 같은 것들을 건네면 받아서 먹을까? 미친 아저씨가 이상한 걸 준다고 피하려 할까? 산의 주변과 집 주변에서 마주치는 사람들은 멀리서부터 나를 피한다. 나는 그것을 알 수 있다. 아닌 척하지만 그들은 나를 더럽고 무섭고 이상한 놈이라고 규정지었다. 나는 아무에게도 피해를 주지 않는데 말이다. 피부가 발진으로 뒤덮인 내가 때에 절고 해진 옷을 입는다고, 짝이 맞지 않는 신을 신는다고, 밤에 불을 켜지 않는 어두운 집에서 무슨 짓을 하는지 모를 놈이라고, 집 안에 쓰레기 산을 방치하고 산다고, 그들은 나를 인간 아닌 존재로 취급하고 있는 걸까? 아이도 그럴까?

아이를 집으로 데려오는 건 어떨까? 물론 아이가 누울 공간을 확보해야겠지. 아이가 있다면 최소한의 난방도 해야 할 것이고, 따뜻한 음식을 준비해야 할지도 모르겠다. 아이가 제대로 성장하게 하려면 붉은 고기 대신 두부를 먹이면 될 것이다. 아니, 아니다. 아이에게는 부모가 있을 수도 있고 형제나 자매가 있을 수도 있다. 나는 공연한 망상에 사로잡혀 있다. 이상하다. 잠시 헛된 상상을 하는 동안 마음이 따뜻하게 데워지는 듯하다가 가슴 안쪽이 창에 꿰뚫리듯 아팠다.

내 책임은 내 몸 하나일 뿐이다.

그것이 너의 선언이었다. 네 몸 하나만. 네 몸 바깥의 어떤 것
에도 너는 책임이 없다고 말했다. 네가 소유하는 모든 재화에
대해, 제공받는 모든 서비스에 대해 너는 화폐를 치렀으므로 더
는 책임이 없다고 단언했다. 나는, 과연, 아이를, 책임지려는 것
일까?

아이를 데려왔다. 다른 방법이 없었다. 아이를 만나고 싶어 습
관처럼 산 주변을 맴돌던 중이었다. 하나둘 보이던 사람들이 어
둠과 자리를 바꾸어 산에는 아무도 남아 있지 않았다. 이제 곧
캄캄해질 터였다. 아이의 숨소리를 들었다. 숨소리라기보다 신
음에 가까운 소리가 바로 근처에서 들렸다. 그 아이임을 직감했
다. 그렇게 연약하고 미숙한 소리를 낼 만한 다른 사람은 그곳
에서 보지 못했다. 망설일 겨를이 없었다. 아이를 들쳐 업었다.
아이는 축 늘어졌다. 한쪽 발이 내 허벅지 옆에서 달랑거렸다.
아이가 끌고 다니던 가방이 떠오른 건 집에 거의 도착해서였다.
나중에 찾으러 갈 생각이었다. 찾게 된다면 아이에게 줄 생각이
었다. 하지만 못 찾게 되기를, 그래서 내가 준비한 가방을 아이

가 받아주기를, 달랑거리는 아이의 발이 흔들리지 않도록 조심스럽게 잡은 채 그것만을 바랐다.

전화기는 방전된 상태였다. 가까스로 충전기를 찾아냈을 때는 아이의 찡그린 표정이 풀어져 있었다. 눈앞의 아이를 살피면서도 아이가 기절했는지 잠들었는지 나는 도무지 모르는 사람. 충전이 시작되고 잠시 후 전화기를 켤 수 있었다. 구급차를 불러야겠지. 아이의 발목은 바깥쪽으로 완전히 돌아가 있었다. 그뿐이라면 큰일은 아닐 수도 있다. 적절한 치료를 받게 하면 된다. 그러나 아이의 상태는 마음을 놓을 수 없었다. 그 또래의 아이와 그만큼 밀착해 본 적이 없는 나로서도 짐작할 수 있었다. 호흡은 미약했고, 몸은 식어 있었으니까.

세 개의 번호를 눌렀다. 바로 기계음이 흘러나왔다. 개인은 1번, 단체는 2번, 사람이 아니면 끊어주세요. 별생각 없이 재빨리 1번을 눌렀다. 본인은 1번, 대리인은 2번을 눌러주세요. 2번을 눌렀다. 가족은 1번, 지인은 2번을 눌러주세요. 멈칫했다. 지인이라고 할 수 있나? 이 아이를 나는 전혀 모르는데? 이 아이는 나라는 존재 자체를 모를 텐데? 길게 고민할 시간이 없었다. 2번을 눌렀다. 가능한 다른 선택지는 없었다. 친구는 1번, 동료는 2번, 이웃은 3번, 기타는 4번을 눌러주세요. 아이와 나는 같은 산에서 만났으므로 이웃인가, 아닌가? 내가 아이를 모르고 아이가 나를 몰라도 우리는 이웃이 될 수 있나? 나는 전 단계보다 조금 더 망설였다. 침착해야 한다. 신중하게 결정하고 실수 없이 행동해야 한다. 기타를 누르면 단계가 더 늘어날 것 같아 3번을 눌렀다. 귀하의 주민등록번호 13자리와 우물 정자를 눌러주세요. 눌렀다. 무언가 잘못되어 가고 있다는 서늘한 느낌이 들었으나 따르지 않을 수 없었다. 귀하의 핸드폰 통신사를 선택하세요. 1번…… 2번…… 3번……. 헷갈리기 시작했다. 언젠가 번호 이동을 했는데 그건 아주 오래전이었다. 1번 통신사에서 2번 통신사로였는지 2번에서 1번으로였는지 헷갈렸다.

그런데 구급차를 이런 식으로 부르는 것이 맞나? 이렇게 복잡한 절차를 거쳐야 하는 거였나? 혹시 엉뚱한 곳으로 전화를 건 걸까? 내가 누른 숫자들을 확인했다. 잘못된 건 없었다. 분명히 응급 전화번호를 눌렀다. 그런 건 좀처럼 혼동하지 않는다. 1번을 누르고 귀를 기울였다. 핸드폰 번호 11자리와 우물 정자를 눌러주세요. 내가 선택한 통신사가 맞기는 한가? 이 단계에서는 확인이 안 되는 건가? 알 길이 없었다. 내 번호가 얼른 기억나지 않았다. 핸드폰을 사용한 지도 오래, 내 번호를 누군가에게 알려주거나 어딘가에 입력한 지도 오래였다.

더듬거리며 11개를 눌렀다. 선결제가 되지 않은 번호입니다. 레스큐 페이 신청은 우물 정자를 눌러주시고 처음으로 돌아가려면 별표를 눌러주세요. 레스큐 페이? 생소했다. 다시 모든 과정이 의심스러워졌다. 구급차를 부르는 게 언제부터 이렇게 복잡해졌나? 이것이 옳은 일인가? 내가 무언가 잘못한 걸까? 처음에 눌렀던 번호를 한 번 더 확인하려 했으나 이제 숫자가 너무 많아져 앞부분은 보이지 않았다. 조바심이 증폭되고 인내는 바닥을 드러내고 있었다. 따끔거리는 얼굴을 긁으며 우물 정자를 누르자 흘러나오는 기계음. 개인은 1번, 법인은 2번, 사람이 아니면 끊어……

나는 대양에서 침몰하는 조난자의 심정으로 아이를 살핀다. 아이는 내가 항상 웅크리던 자리에 다리를 뻗고 누워 있다. 잠들었는지 기절했는지 여전히 알 수 없다.

입력 시간이 초과되었습니다.

전화기가 잠잠해지자 옆방에서 부스럭거리는 소리가 났다.

안리준

감춰진 세계에는 완전한 질서가 있다고 믿는다.

아웃빌리지

돌산의 북쪽 면은 깎아지른 절벽이었다. 그 아래 절벽의 굴곡을 따라 좁은 길이 났다. 길은 멀리서 보면 길로 보이지 않고 절벽의 연장으로 보였다. 오직 호기심 있는 이들만이 절벽 가까이 와볼 생각을 했고, 모험심까지 있다면 길을 따라 끄트머리까지 가볼 생각을 했다. 길은 절벽이 끝나는 곳에서 함께 끝이 났다. 대신 사람 키보다 훌쩍 큰 수풀림이 시작됐다. 이때부터는 인내심 싸움이었다. 언제 끝이 날지 모를 수풀과 관목 무더기 틈을 비집고 끈기 있게 나아간 자만이 비로소 초록 평원을 맞이했다. 그 한가운데 비타빌이 있었다.

비타빌은 회색빛 도시였다. 평원에 처음 이주해 온 비타빌의 선조들은 나무로 집을 짓는 법도, 흙으로 벽돌을 굽는 법도 몰랐다. 대신 그들은 훌륭한 시멘트 가공자들이었다. 돌산이 석회질이란 걸 알아낸 그들은 석회를 캐다가 온갖 데 썼다. 주택, 상가, 도로, 각종 공공시설물과 조각상에 이르기까지 모든 게 시멘트로 만들어졌다. 평원의 푸른빛이 사라지는 만큼 회색빛이 늘었다.

시간이 흘러 다양한 건설 재료를 만들고 또 다룰 줄 알게 되었어도 비타빌 후손들은 건물만은 늘 시멘트로 지었다. 외장을 페인트로 칠하는 법도 없었다. 그들은 도시를 회색빛으로 유지하는 걸 비타빌을 개척한 선조들을 예우하는 일로 여겼다. 회색은 비타빌을 상징하는 색이자 그 자체였다. 돌산의 정상에 올라 평원을 내려다보면 초록의 한가운데 누군가 시멘트를 부어 자기 땅을 표시해 놓았다고 느낄 만큼. 하지만 산의 정상에 오를 생각을 하는 이는 아무도 없었다. 산은 산이라기보단 장벽에 가까웠다. 비타빌 사람들은 돌산이 외부의 침입과 약탈로부터 자기들을 보호해 준다고 여기며 '가디언'이라 이름을 붙였다. 자연히 북쪽 절벽의 이름은 '가디언 윙'이 되었다. 비타빌 사람들은 자기들이 수호자의 날개 품에 포근히 안겨 영원히 안락할 것이라 믿었다. 극심한 가뭄이 시작되기 전까지는.

가뭄은 좀체 끝나지 않을 것이고 물은 점점 말라갈 것이다. 그러면 메마른 땅의 갈라진 틈으로 잊혔던 이름들이 하나둘 떠오를 것이다. 비타빌이 비타빌이라 불리기 전의 이름. 돌산이 가디언이라 불리기 전의 이름. 그리고 평원에서 쫓겨난 자들의 이름. 땅과 하늘이 뒤집힌 듯, 잊혔던 이름들이 땅에서 하늘로 쏘아져 오를 준비를 끝마쳤다. 물론 아직 가뭄은 시작되지 않았고 이상 징후를 체감하는 이도 드물었다. 하지만 나슬은 그렇게 될 것을 보았다. 그래서 서둘러 하루를 비타빌로 보냈다. 비타빌이 사라지기 전에 배워야만 할 것이 있었다. 하루가 무엇을 배워올지는 알 수 없었다. 그저 자기 딸이 배우는 모습을 보았을 뿐이다. 비타빌의 학교에서 홀로.

*

비타초등학교는 시청 건물 앞편에 자리했다. 서쪽으로는 경찰서와 소방서가 나란히 섰고 동쪽으로 조금만 가면 분수 광장이 나왔다.

하루는 학교 앞까지 거의 다 왔다가 물소리에 이끌려 광장으로 갔다. 태어나서 처음 분수를 본 하루는 허공으로 솟구치는 물을 쳐다보는 데 정신이 팔렸다. 하루는 궁금했다. 물을 저렇게 끊임없이 쏘아 올리는 이유가 뭘까. 아무나 붙잡고 묻고 싶었지만 그럴 용기가 나지 않았다. 분수 광장을 오가는 이들이 하루를 힐긋대는 시선이 따가웠다. 하루는 도망치듯 광장을 벗어나 학교를 향해 뛰었다. 벌써 등교 시간이 훌쩍 지나 있었다.

정문을 지나 잔디가 보기 좋게 깎인 운동장을 가로질러 본관 앞에 이른 하루는 멈춰 서서 숨을 골랐다. 호흡이 가라앉고 나자 새삼 자기 처지가 실감 났다. 정말 와도 되는 곳일까. 엄마 말만 믿고 괜한 짓을 저지르는 건 아닐까. 하루는 자신에게 비타빌의 학교에 다닐 자격이 있는지 나슬에게 물었었다. 그때 나슬은 하루의 어깨를 가만히 짚으며 말했다. 평원은 원래 우리 땅이야. 나슬의 단호한 눈빛에 하루는 더는 무어라 말하지 못했다. 엄마는 한 번도 틀린 적이 없었으니까.

나슬은 숲과 비타빌의 경계까지만 하루를 배웅했다. 초창기 비타빌에 정착한 사람들은 도시 경계로부터 약 30미터 떨어진 곳까지 온통 벌목하고 풀을 뽑아 붉은 흙바닥이 드러나게 했다. 그것이 자연히 비타빌과 숲을 나누는 경계선이 되었다. 둥글고 붉은, 도넛처럼 생긴 구역. 숲에서 도시로, 혹은 도시에서 숲으로 가려면 이 30미터 폭의 흙의 강을 가로질러야만 했다. 나슬은 흙이 끝나고 회색 도로가 시작되는 경계에 서서 하루의 이마에 입 맞추는 것으로 딸을 말없이 배웅했다. 여기서부터는 너 혼자 가야 한다. 하루는 듣지 않고도 나슬이 하고자 하는 말을 알아들었다. 엄마, 꼭 가야 하나요. 하고픈 말이 목구멍에 걸려 맴돌았지만 내뱉지 않았다.

"누구?"

로제타가 물었을 때 하루는 깜짝 놀라 뒤로 두 발짝이나 물러섰다. 하루처럼 뒤로 물러서진 않았으나 로제타도 하루만큼이나 놀랐다. 아웃빌리지 아이를 학교에서 보기는 처음이었다. 왜 이 아이가 여기 있는 거지? 길을 잃었나? 하지만 도시 경계에서 이곳까지는 꽤 거리가 멀었다. 길 잃은 아웃빌리지 아이가 휩쓸려 올 만한 곳이 아니었다.

"누구세요?"

하루가 또박또박 비타빌어로 물었다. 로제타는 그가 비타빌어를 할 줄 안다는 점에 놀라며 며칠 전 교장이 했던 말을 떠올렸다. 그는 조만간 새 학생이 들어올 거라며 주의 깊게 지도해 달라고 부탁했다. 로제타는 교장이 '문제 학생', 즉, 무언가 문제가 있어서 뒤늦게 입학한 아이를 말하는 줄로만 알았다. 조숙한 탓에 세상을 등지기로 결심했거나 혹은 그냥 불량하거나. 그도 아니면 어딘가 장애가 있는 아이일 거라고. 설마 아웃빌리지 아이일 줄은 꿈에도 몰랐다.

"우리 학교에 온 거니?"

로제타의 물음에 하루는 고개를 끄덕였다.

"먼저 그 옷부터 갈아입자."

로제타는 하루를 이끌고 빈 체육실로 갔다. 거기 이미 졸업한 학생들이 버려두고 간 교복이 보관돼 있었다. 교복 역시 회색이었다. 로제타는 하루의 몸에 그것들을 하나하나 대보며 맞을 만한 걸 찾았다. 하루는 자기가 입고 온 옷을 벗는 걸 싫어하는 눈치였으나 거절하진 않았다. 다행히 골라낸 교복은 하루의 몸에 잘 맞았다. 로제타는 하루가 바닥에 벗어둔 보자기 같은 옷을 집어 들었다가 흠칫 놀랐다. 가벼울 것으로 생각했는데 제법 무게가 나갔다.

"주세요."

하루가 로제타의 손에서 자기 옷을 빼앗아 들더니 한쪽 팔에 걸친 채 능숙하게 개켰다. 보자기나 자루 같아 보였던 옷이 네모반듯한 모양이 되었다. 하루는 그걸 메고 온 가방에 고이 넣었다. 로제타가 물었다.

"이름이 뭐야?"

"하루."

"하루?"

로제타는 하루의 이름을 따라 말하며 비록 누군가의 이름이지만 자신이 아웃빌리지 말을 발음한 적이 정말 오랜만임을 깨달았다. 몇 년 전 아웃빌리지어 초급 회화책을 사서 공부한 적이 있었다. 처음에 로제타는 발음기호대로 낯선 문자를 또박또박 읽어나갔다. 하지만 며칠이 지나고부터는 눈으로 글씨를 읽을 뿐 실제 발음하는 건 그만두었다. 어쩐지 이 낯선 언어가 주문처럼 느껴졌기 때문이었다. 형태부터가 그랬다. 문자라고 하기보단 부적에 그려 넣을 법한 문양처럼 보였다. 로제타는 단어들을 계속해서 발음하면 거기 깃든 어떤 알 수 없는 힘이 슬그머니 밖으로 빠져나와 자신을 결박하고 말 것이라는 두려움을 느꼈었다.

하루. 하루. 속으로 몇 번 더 하루의 이름은 부른 뒤 로제타가 결심한 듯 악수를 청하며 말했다.

"난 로제타. 앞으로 널 가르칠 선생님이야."

*

로제타가 가르치는 반의 학생 수는 열아홉이었다. 여기 하루가 들어오며 스물이 채워졌다.

로제타가 하루를 반으로 데리고 들어와 소개했을 때 비타빌 아이들은 하루의 외모를 보며 수군댔다. 피부가 이상해. 비포장 도로 같아. 털은 왜 이렇게 많아. 하지만 하루가 들리게 말하지 는 않았다. 다양성을 존중하고 차이를 인정해야 한다는 교육을 그들은 어려서부터 받아왔다. 물론 서로 어울려 놀다 보면 사소 한 차이만으로도 싸우는 일이 흔했다. 하지만 그저 아이들 일상 의 일부일 뿐 심각한 건 아니었다. 메고 다니는 가방이나 그 안 에 든 학용품의 가격이 얼마나 차이 나든, 혹은 발육 정도가 저 마다 각각이든 그들은 어쨌거나 같은 비타빌 사람이었다. 하지 만 하루는 아니었다. 사실 비타빌 아이들과 하루 사이에는 다른 점보다 비슷한 점이 훨씬 더 많았으나 아이들 눈에는 작은 차이 만 보였다.

하루는 마틴과 짝이 되었다. 마틴은 반에서 가장 체격이 좋은 아이였다. 반면 말수는 가장 적었다. 아이들 중 누구도 마틴과 친하게 지내지 않았다. 그렇다고 그를 무시하는 이도 없었다. 마틴은 그저 마틴이었다. 가장 뒷자리에 혼자 앉아 아무 말 없 이 시간을 때우는. 그는 때로 고독해 보였고 때로는 가만히 있 는데도 난폭해 보였다. 아무도 마틴의 속을 알 수 없었고 알고 싶어 하지도 않았다. 마틴은 다른 아이들에게 그러하듯 하루도 똑같이 대했다. 하루를 신기하다는 듯 쳐다보지도, 말을 걸지도 않았다. 하루라는 짝이 생겼어도 마틴은 여전히 마틴이었다.

반면 다른 아이들은 호기심을 주체하지 못했다. 그들은 어른들이 주고받는 말을 통해서나 그 존재를 어렴풋이 알고 있던 아웃빌리지인에 관한 온갖 궁금증을 하루에게 쏟아냈다. 너희는 풀만 뜯어 먹고도 살 수 있다며? 너희는 물을 안 먹고도 살 수 있다며? 너희는 나무로 만든 집에 산다며? 너희는 길을 그냥 그대로 둔다며? 비가 오면 진흙탕이 될 텐데 어떻게 걸어 다녀? 너희는 귀신을 볼 수 있다며? 정말이야? 하루는 모든 질문에 성실히 답해주었다. 하지만 '여기는 왜 온 거야?' 라는 질문에는 속 시원히 대답할 수 없었다. 하루는 고민 끝에 나슬이 말한 대로 대답했다.

"배우러 왔어."

다행히 아이들은 무얼 배우러 온 건지는 묻지 않았다. '아' 하는 탄식과도 같은 말을 내뱉었을 뿐이었다. 말 안 해도 다 알겠다는 듯이.

하루는 편견 가득한 온갖 질문에도 전혀 기분 나쁘지 않았다. 하지만 그 한 음절을 듣고선 기분이 좋지 않았다. 아이들은 하루가 무언가를 배워야만 하는, 배워야 할 게 많은 존재라고 여기고 있었다. 예를 들어 풀이 아닌 다른 걸 먹는 법을, 나무가 아닌 시멘트로 집 짓는 법을, 도로를 포장하고 잡초를 관리하는 법을 배워야 한다고. 하루가 전혀 배울 필요가 없는 그것들이 마치 하루의 약점이라도 되는 듯 보였다. 하지만 하루는 그런 걸 배우려고 온 게 아니었다. 그렇다고 해서 자신이 무얼 배우려고 온 건지 자문하면 속 시원히 대답할 수도 없었다. 나슬은 하루에게 배우고 오라고 말했을 뿐 무엇을 배우고 오라고는 하지 않았다. 하루는 내심 자기들 마을에서는 배울 수 없는 수학이나 과학 따위를 배우고 오라는 말인 줄 알았다. 아니면 비타빌어를 더 능숙하게 말할 수 있도록 훈련하고 오라는 것이나.

로제타는 아직 비타빌어에 익숙하지 않은 하루를 배려해 평소보다 더 또박또박, 느리게 말했다. 아이들은 그가 그러는 게 하루 때문임을 기민하게 알아챘다. 하지만 불만을 품지는 않았다. 로제타가 또박또박 발음하려고 애쓰는 모습이 그들에겐 일종의 재밌거리였고, 또 천천히 말하면 진도도 느리게 나가고, 진도가 느리면 해야 할 과제도 줄어들 것이라며 좋은 쪽으로 생각했다.

별문제 없이 일주일이 흘렀다. 그사이 하루에 대한 아이들의 호기심은 감쪽같이 사라졌다. 더는 무얼 물으러 오는 이도 없었다. 로제타는 하루와 아이들이 제법 잘 어울린다고 생각했다. 하지만 겉보기에만 멀쩡할 뿐 아직 시멘트는 덜 굳은 상태였다. 완전히 굳기 전의 시멘트는 아주 작은 압력만으로도 지우기 힘든 자국이 생긴다. 아주 작은 압력. 무심한 고양이의 발자국 같은 것. 하루와 아이들 사이에 문제가 생긴 건 외모 차이 때문도, 언어 차이 때문도 아니었다. 물주머니 때문이었다.

마틴은 체격에 걸맞게 큰 물주머니를 책상 고리에 걸어두고 있었다. 틈이 날 때마다 물주머니에 연결된 대롱 같은 빨대로 물을 빨아 먹는 그를 하루는 신기하다는 듯 힐끗힐끗 쳐다보곤 했다. 물론 마틴만 그러는 건 아니었다. 다른 아이들도 저마다 물주머니를 책상 고리에 걸어두고 틈이 날 때마다 물을 마셨다. 하지만 그들은 쉬는 시간마다 여기저기 돌아다니고 때가 되면 화장실에 다녀오는 등 활발히 움직였다. 반면 마틴은 한번 등교하고 나면 하교하기 전까지 좀체 자리에서 일어나는 법이 없었다. 체육 시간에 체육실로 가려고 일어설 때가 그가 유일하게 몸을 일으키는 때였다. 하루에겐 그런 마틴이 꼭 그 자체로 하나의 커다란 물주머니처럼 느껴졌다. 작은 물주머니와 연결된 큰 물주머니. 대체 몸속으로 들어간 그 많은 물이 어떻게 처리되는지 하루는 몹시 궁금했다.

비타초등학교에 입학하기 전, 다한은 하루에게 비타빌인들이 물이 아주 많이 필요한 존재라고 알려주었다. 물 없이는 살 수가 없는 놈들이라고, 그들의 피부는 파충류처럼 매끄럽고 늘 기분 나쁘게 축축이 젖어 있다고. 다한은 그들을 양서류에서 조금 더 진화한 열등한 존재로 묘사했다.

"물이 없으면 그것들은 다 끝장이라고!"

꼭 조만간 그들이 정말로 끝장날 것처럼 다한이 힘주어 말했을 때 하루는 미약한 존재들을 지우개로 지우는 누군가의 커다란 손을 떠올렸다. 이윽고 손의 움직임이 멈춘 뒤 텅 빈 곳에는 무언가 존재했던 자국만 남아 있었다. 하루는 그 자국을 보았다. 아무리 열심히 지워도 자국까지는 없앨 수 없구나. 그렇다면 애초에 지우지 않는 게, 지워지지 않는 게 나은 것이 아닌가. 하루는 어떤 존재의 끔찍함을 지켜보는 일보다 그 존재가 지워진 흔적을 지켜보는 일이 더 끔찍하다고 느꼈다.

"뭘 봐."

마틴이 말했을 때 하루는 한동안 그 소리가 마틴에게서 나온 줄 몰라 엉뚱한 곳을 쳐다보았다. 쉬는 시간을 맞은 아이들이 자기들끼리 어울려 시끄럽게 떠들어 대고 있었다. 오직 하루와 마틴만이 제자리에 앉아 있었다.

"뭘 자꾸 보냐고."

마틴이 다시 말했을 때에야 하루는 그를 쳐다보았다.

"아, 미안."

"뭐가?"

"응?"

"뭐가 미안하냐고."

하루는 마틴이 기분 상했다는 걸 즉시 알아챘고 그 이유가 자신이 그를 힐긋거렸기 때문임도 알 수 있었다. 하지만 뭐가 미안하냐고 묻는 그에게 뭐라고 답해야 할지는 알 수 없었다.

"미안. 무슨 의도가 있어서 본 건 아니고……."

"의도?"

마틴이 비죽이더니 자리에서 벌떡 일어섰다. 이상한 낌새를 눈치챈 아이들이 동시에 하루와 마틴 쪽을 쳐다보았다. 마틴이 고리에 걸린 물주머니를 집어 들더니 주둥이에 달린 빨대를 빼고 물주머니째로 물을 벌컥벌컥 마시기 시작했다. 하루는 깜짝 놀라 자기도 모르게 엉거주춤 자리에서 일어섰다. 아이들이 수군대며 하루와 마틴 쪽으로 몰려들었다. 어느새 물주머니에 있던 물을 다 마신 마틴이 손으로 입가에 묻은 물을 훔쳐냈다. 그가 텅 빈 물주머니를 하루의 책상 위로 툭 던지더니 말했다.

"떠 와."

하루는 당황하여 마틴을 멀뚱히 쳐다보기만 했다.

"뭘 봐."

"아니, 나는 그냥……."

"한 번만 더 그딴 식으로 쳐다보면 진짜 죽인다."

말을 마친 마틴은 다시 자리에 앉더니 주위에 몰려든 아이들을 한 번 쓱, 둘러보았다. 마틴의 눈빛을 본 아이들은 흠칫 놀라 원래 자리로 흩어졌다. 하지만 시선은 여전히 하루와 마틴 쪽을 향한 채였다. 아이들이 흩어지고 나자 마틴이 하루에게 다시 말했다.

"떠 와. 가득."

하루는 물주머니를 들고서 밖으로 나왔다. 화장실 맞은편에 식수대가 있었다. 하루는 마틴의 물주머니에 물을 가득 채워 넣었다. 물의 무게로 주머니가 늘어졌다. 하루의 어깨도 그만큼 내려앉았다.

*

교장실은 단출했다. 집무용 책상과 네칸짜리 책장, 손님맞이용 낮은 탁자와 의자 넷이 가구의 전부였다. 벽면에 바른 회반죽은 군데군데 칠이 벗겨져 틈새로 조적된 벽돌이 드러나 보였다. 벽돌은 짙은 붉은빛을 띠었다. 로제타는 교장실에 올 때마다 교장이 일부러 벗겨진 벽면을 보수하지 않는다고 느꼈다. 교장이 임기를 채우는 동안 벽면은 점점 더 붉게 물들 것이다. 어쩌면 그것이야말로 교장이 진정 바라는 것인지도 모른다고 로제타는 생각했다. 하지만 그렇게 짐작하는 이유는 자신도 알 수 없었다. 그저 교장에겐 늘 무슨 꿍꿍이가 있다고 느낄 뿐이었다.

"질문이 바뀌어야 하지 않을까요?"

로제타가 교장실로 찾아와 하루가 학교에 입학한 이유를 물었을 때 교장은 되물었다.

"왜 입학했느냐가 아니라 왜 입학을 허락했는지를 묻고 싶은 게 아닌가요?"

로제타는 대답하지 않음으로써 교장의 말에 수긍했다.

"먼저, 교칙에 아웃빌리지 학생의 입학 제한에 관한 규정은 없습니다."

"알고 있습니다."

"네. 선생님 성격이라면 여기 오기 전에 이미 다 살펴봤겠죠. 아무도 펴볼 일 없는 규정 말입니다."

로제타는 이 말에도 역시 대답하지 않음으로써 수긍했다.

"제가 학교에 다닐 때만 하더라도 아웃빌리지 학생들이 제법 많이 다녔다는 걸 아시나요?"

교장의 말에 로제타는 그의 나이를 가늠해 보았다. 그가 학교에 다닐 때라면 어림잡아 지금으로부터 사오십 년 전. 아직 로제타가 태어나기도 전의 일이었다.

"물론 그때도 비타빌 학생들이 훨씬 더 많았죠. 하지만 지금처럼 아웃빌리지 아이들이 아예 없지는 않았어요. 아, 정정하죠. 이제 하루 양이 다니고 있으니 아예 없는 건 아니네요."

말은 멈춘 교장은 망설이는 듯한 목소리로 하루의 안부를 물었다.

"하루는 잘 지내고 있나요?"

로제타는 그 말만을 기다렸다는 듯이 하루가 요즘 겪고 있는 일에 관해 말을 꺼냈다. 아이들이 하루를 괴롭히는 것 같지는 않다. 하지만 그렇다고 해서 잘 대해주는 것도 아니다. 신기하리만큼 아이들은 하루에게 무관심하다. 처음 하루가 입학했을 때 보였던 호기심이 대체 어디로 감쪽같이 사라져 버린 건지 모르겠다. 아이들의 괴롭힘을 걱정했지 무관심을 걱정하게 될 줄은 꿈에도 몰랐다. 그러니까 하루는…… 잘 다니고 있지만 어딘가 불안정해 보인다. 걱정되어 면담을 몇 번 해보았으나 아무런 문제가 없다고만 말한다. 도무지 속생각을 알 수 없는 아이다.

로제타의 말을 들은 교장이 중얼거리듯 말했다.

"한번 말하지 않기로 결심하면 결코 말하는 법이 없죠."

"무슨 말씀인지?"

로제타의 물음에 교장이 한숨을 내쉬며 말했다.

"말하지 않음으로써 오히려 모든 걸 오해 없이 말할 수도 있는 법이 아닐까요."

로제타는 평소에도 꿍꿍이가 있어 보이는 교장이 오늘따라 더 그래 보인다고 느꼈다. 로제타가 물었다.

"알아서 잘하라는 말씀으로 이해해도 될까요?"

교장은 다시 고개를 돌려 로제타를 지그시 바라보았다.

"여기 이 학교에서 아웃빌리지에 조금이라도 관심이 있는 사람은 선생님뿐입니다. 아웃빌리지 말도 어느 정도 할 줄 알지 않으신가요?"

로제타는 교장이 어떻게 자신이 아웃빌리지어를 공부한 적이 있단 사실을 아는지 궁금했으나 묻지 않았다. 이제껏 하루가 자기 반에 배정된 게 20명이 채워지지 않은 유일한 반이라서인 줄 알고 있었다. 그런데 어쩌면 그 때문이 아니었는지도 모른다는 생각이 머릿속을 스쳤다. 교칙에는 한 반의 정원에 대한 규정 역시 없었다. 교장이 마음먹기에 따라 20명인 반이 21명이 될 수도 있다는 뜻이었다. 사실 하루의 나이대로라면 더 상급반으로 갔어야 옳다. 하지만 교장은 하루를 로제타의 반에 넣었다. 교장이 말했다.

"조금 더 들어봐 주실 순 없을까요? 하루 양의 말 없는 말을 말입니다."

로제타는 대답 대신 꾸벅, 인사하고 나서 교장실을 나왔다. 그러면서 생각했다. 하루와 면담할 때 그와 한 번도 제대로 눈을 맞춘 적이 없음을. 지금까지는 하루가 눈길을 피하니 자신 역시 배려하는 마음에 그런 거로 생각했었다. 하지만 그건 어쩌면 배려가 아니라 도망이었는지도 몰랐다.

*

하루는 며칠 열병을 앓았다. 나슬은 말없이 딸을 간호했다. 다한은 비타빌 놈들한테 몹쓸 질병을 옮아온 것이라고 말했지만 나슬은 딸의 병이 마음의 병임을 알았다. 하루가 자신을 닮아 말수가 적은 게 마음에 들면서도 바로 그 점 때문에 쉽게 속병이 든다는 걸 가슴 아파하며.

말하지 못한 말들을 소화해 내는 법을 하루는 아직 배우지 못했다. 사실 그건 누구도 가르쳐 줄 수 없는 것이었다. 나슬조차도. 그저 나이가 들어가며 저절로 알게 되는 것일 뿐. 말이 되어 나오려고 하는 감정과 생각을 부여잡고 말이 되지 못하도록 할 때만 비로소 얻어지는 것이 있었다. 나슬은 그것들만을 믿었다.

이 세상 모든 것은 말 이전에, 감정 이전에 이미 존재한다. 이를 오롯이 느끼려면 먼저 터져 나오려는 말과 감정을 참아내야 한다. 그렇게 할 수 있게 된 자만이 자연의 말을 들을 수 있다……. 하지만 나슬은 이 같은 이치를 하루에게 설명해 줄 수 없었다. 진정 중요한 일에는 친절한 설명이 오히려 그것을 이해하는 걸 가로막는다는 사실 역시 나슬은 잘 알았다. 그러니 마음을 다해 딸의 열병이 어서 낫기를 기도할 뿐이었다.

"가자, 딸."

하루의 열병이 다 나았을 때 다한은 하루의 손을 잡아끌고 밖으로 나왔다.

"저 안에 너무 오래 있다가는 너도 엄마처럼 되고 말 거다."

다한은 나뭇가지를 원뿔형으로 쌓아 올린 집을 눈짓으로 가리키며 말했다.

"항상 기억해. 때로는 안에 있는 걸 바깥에 풀어놔야 해. 그렇지 않으면 누구나 병 드는 법이야."

하루는 다한이 나슬을 탓하듯이 말하지만 그녀를 정말로 비난하는 건 아님을 알았다. 나슬은 하루 부족의 샤먼이었다. 부족의 중요한 일은 전부 나슬이 결정했다. 하지만 나슬은 그걸 결정이라 말하지 않았다. 그저 보았다고 말했다. 나슬이 보았다고 말하면 사람들은 그녀가 본 것을 그대로 따랐다. 오직 다한만이 그녀의 말에 토를 달았다. 하루는 그가 남편의 자격으로 그러는 것이라고는 생각하지 않았다. 다한은 부족민 중 가장 말이 많았다. 그저 말을 많이 하다 보니 토를 다는 것임을, 다한에게는 다한만이 할 수 있는 일이 있고 그는 그 일에 늘 최선을 다할 뿐이라는 걸 하루는 알았다.

하루는 다한이 괜한 말을 더 하기 전에 앞장서서 걸었다. 다한이 한숨을 내쉬고서 하루를 따라잡으며 외쳤다.

"딸! 어디 가는지는 알고 가는 거야?"

다한과 하루가 먼 길을 걸어 도착한 곳은 숲 한가운데의 늪이었다. 늪 가장자리의 아름드리나무 위에 다한이 걸어둔 낚싯대가 보였다. 다한은 늪에 낚시로 잡을 만한 생명체가 전혀 살지 않는데도 늘 무언가를 잡기라도 하듯 낚싯대를 드리우고 시간을 때우곤 했다. 하루는 가끔 그런 다한을 만나러 늪으로 왔다. 이유 없이 다한을 보고 싶은 날이 있었다. 하지만 진짜로 아무 이유가 없는가 하면 그건 아니었다. 하루는 엄마에게는 결코 말할 수 없는 것들을 아빠에게는 말할 수 있을 것만 같은 마음을 느끼곤 했다. 하지만 그렇다고 해서 실제로 말하지는 않았다. 그런 마음이 드는 것만으로도 충분하다는 듯 진짜 하고 싶은 말은 하지 않고 오히려 다한이 쏟아내는 말을 들었다. 신기하게도 다한이 꼭 자기가 하고 싶은 말을 대신 해주는 것 같았다. 물론 다한의 얘기는 하루의 마음속에 담긴 이야기와는 아무 상관 없는 이야기였다. 그런데도 그의 말을 듣다 보면 어느새 복잡했던 마음이 풀렸다.

"봐, 벌써 여기까지 잠겼어."

다한이 아름드리나무의 밑동을 가리키며 말했다. 하루는 그가 무슨 말을 하는지 처음에는 알아듣지 못했다. 하지만 다한의 심각한 표정을 보고 나서 다시 쳐다보자 비로소 무엇이 달라졌는지 보였다. 원래는 굵은 뿌리가 드러났던 곳에 더는 뿌리가 보이지 않았다. 뿌리를 집어삼킨 늪이 나무 밑동에 고요히 닿아 있었다.

"시작된 거야."

다한이 비장한 목소리로 말했다. 하루가 고개를 들어 그를 쳐다보았다. 뭐가요, 아빠. 그렇게 묻는 눈빛으로. 하지만 바로 그 순간 하루는 그의 대답을 들을 것도 없이 보았다.

늪은 점점 더 커질 것이다. 낮은 나무들은 집어삼켜질 것이다. 빈 낚싯대에 물고기가 잡힐 것이다. 숲의 한가운데서 늪은 고요히, 말하지 않음으로써 모든 걸 말할 것이다.

＊

"그걸 왜 네가 뜨는 거니?"

하루를 면담실로 부른 로제타가 물었다. 하지만 하루는 지난번처럼 아무 말이 없었다. 로제타는 그 물주머니가 누구 것인지 재차 물었다. 하루가 물을 뜨던 주머니가 마틴의 것임을 이미 알고 있으면서도. 그런데도 묻는 건 사실 확인을 위해서가 아니라 하루의 입을 열기 위함이었다. 마틴. 로제타는 그 이름이 하루의 막힌 입을 열어줄 마중물이 될 것이라 믿었다. 하지만 하루는 끝내 누구 것인지 대답하지 않았다.

서로 말이 없은 지 몇 분이 지났을 때 로제타가 침묵을 깨고 아웃빌리지어로 물었다.

"원래 그렇게 말이 없니?"

하루가 깜짝 놀라며 푹 숙이고 있던 고개를 들어 로제타를 쳐다보았다. 하루가 물었다.

"저희 말을 아세요?"

로제타는 하루의 시선을 피하지 않으며 다시 한번 아웃빌리지어로 말했다.

"조금."

130

하루는 잠자코 로제타의 눈을 바라보았다. 이전까지 하루가 그와 눈을 이토록 오래 맞춘 적은 한 번도 없었다. 그저 '거기 당신이 있군요' 하는 인식의 눈빛을 보낸 뒤로는 늘 시선을 내리깔고 있을 뿐이었다. 하루가 자기 부족 말로 물었다.

"저 때문에 배우신 건가요?"

로제타는 그 질문에는 다시 비타빌어로 답했다.

"그건 아니야. 몇 년 전에 우연히 너희 말을 공부한 적이 있어."

로제타는 오늘 아침 학교에 오기 전 아웃빌리지어 회화책을 오랜만에 펴보았다는 말은 굳이 덧붙이지 않았다. 자신이 그렇게 말하지 않아도 하루가 자기 마음을 다 알고 있다는 느낌을 받았다. 하루도 다시 비타빌어로 말했다.

"왜 자꾸 저를 부르시는지 알아요. 하지만 그러실 필요 없어요. 물주머니도 별거 아니에요. 제가 잘못해서 그 벌로 스스로 하는 일이에요. 때가 되면 알아서 그만둘 거예요."

로제타는 그때가 언제인데, 하고 묻고 싶은 걸 참았다. 어쩐지 묻지 않아도 알 것 같았다. 그때가 머지않았다는 걸. 어쩌면 바로 내일 하루가 마틴의 물을 대신 떠주는 걸 그만둘지도 모른다. 어떻게 이런 게 다 느껴지는 걸까. 로제타는 하루와 눈을 맞춘 채 생각했다. '만약 내가 마틴과의 일에 관해 꼬치꼬치 캐물었다면, 그래서 하루가 마지못해 내 물음에 어떤 대답을 했다면 그 말은 내가 듣고자 하는 진실로부터 오히려 더 멀어져 있지 않았을까.' 로제타가 말했다.

"고마워. 대답해 줘서."

하루가 무어라 말하려다가 멈추었다. 로제타가 다시 아웃빌리지어로 말했다.

"말해도 돼."

그러자 잠시 망설이던 하루가 말했다.

"저흰 아웃빌리지인이 아니에요. 저희 말도 아웃빌리지어가 아니고요. 저흰 하물족이에요."

'하물족?' 하고 되묻는 로제타에게 하루가 말했다.

"아빠가 그랬어요. 저흰 원래 나무로 집을 짓고 살지 않았다고요. 나무로 집을 짓는 건 숲에 나무가 많기 때문이에요. 원래는 흙을 구워 만든 벽돌집을 짓고 살았대요. 저희가 원래 여기 살던 때 말이에요."

"여기?"

"드러나지 않은 건 스스로 드러날 때까지 파헤치지 말고 그대로 두어야 해요. 드러난 것만, 그것도 꼭 필요한 만큼만 쓰고 살아야 하고요. 사람의 말도 마찬가지예요."

하루는 '이건 엄마가 해준 말이에요' 하고 덧붙인 뒤 다시 시선을 내리깔고 말했다.

"시작됐어요. 점점 더 나빠질 거예요. 그런데 정말로 나쁜 일인지는 아직 잘 모르겠어요."

로제타는 하루의 엉뚱한 말을 이해할 수 없었다. 하지만 무슨 뜻인지 묻지 않았다. 그저 하루가 무언가를 예감하고 있으며 그 예감이 현실이 될 것임을, 그리고 현실이 될 그 일로 인해 하루가 몹시 고뇌하고 있음을 느낄 뿐이었다.

＊

물은 말라갔고 비는 내리지 않았다. 비가 오지 않은 지 한 달이 지나자 분수가 멈추었다. 비타빌 정부는 물을 아껴 쓰자는 캠페인을 벌였다. 캠페인의 청유형 문장이 명령형으로 바뀐 건 그로부터 또 한 달이 지나고 나서였다. 여전히 비는 단 한 방울도 내리지 않았고 비타빌 사람들이 땅 밑에서 끌어 쓰는 지하수는 더욱더 말라갔다. 그들은 물 부족을 겪은 일이 단 한 번도 없었기에 몹시 당황했다. 이제껏 물이 공기처럼 아무리 써도 마르지 않는, 땅 밑에서 알아서 끝없이 나오는 것인 줄로만 알았다. 그들의 선조가 이곳에 터전을 잡은 이유도 똑같이 믿었기 때문이었다. 비는 늘 내려야 할 때 내렸고 물은 아무리 써도 끝없이 샘솟았다.

하지만 비타빌이 자리 잡은 평원은 사실 강수량이 많은 곳이 아니었다. 오히려 절벽 너머 다른 곳들에 비해 적은 편이었다. 그런데도 부족할 일 없이 물을 펑펑 쓸 수 있었던 건 풍부한 지하수 덕분이었다. 땅 밑을 조금만 파고 들어가도 어디서나 지하수가 콸콸 흘러나왔다. 꼭 강물처럼. 비타빌 선조들은 평원 아래 거대한 강이 흐른다고 믿었다. 보이지 않는 그 강이 자기 종족의 생존과 번영을 위해 흐르고 있다고. 그들이 도시에 비타빌 Vita-vil, 즉, 생명의 마을이라 이름 붙인 것도 그 때문이었다. 쫓기듯 평원으로 이주해 온 비타빌인은 지난 세월 그 말처럼 새 생명을 얻은 듯 번성했다. 하지만 이제 도시는 그 말과는 정반대의 땅이 되어버렸다. 생명의 물은 말랐고 생명의 마을에는 죽음의 기운이 감돌았다.

아이들이 들고 오는 물주머니에 담긴 물의 양이 어느새 절반으로 줄어들었다. 식수대에서도 더는 물이 나오지 않았다. 저마다 자기 집에서 알아서 물을 떠 와야 했다. 이제 아이들은 함부로 물을 마시지 않았다. 정말 갈급할 때만 조금씩 빨아 마셨다. 물을 마시는 그 잠깐 동안만 생기가 돌았다가 금세 사라졌다.

비가 오지 않은 지 석 달이 지나자 등교하는 아이들이 절반으로 줄어들었다. 제일 먼저 등교하지 않은 건 마틴이었다. 마틴은 자신의 큰 물주머니를 책상 고리에 그대로 걸어둔 채 떠났다. 물주머니는 텅 비어 있었다. 하루는 그걸 몰래 자기 가방에 넣었다.

로제타는 학생이 절반으로 줄어들었어도 연간 계획표대로 진도를 나갔다. 하지만 어느 순간 비타빌 아이들이 전혀 수업에 집중하지 못하고 있단 걸 깨달았다. 그들은 가만히 앉아 있는 것조차 힘들어했고 자꾸 몸을 긁어댔다. 손톱이 지나가고 난 자리가 붉게 달아올랐다. 손톱 끝에 매달린 각질이 힘없이 교실 바닥으로 떨어져 내렸다.

물을 마음껏 마실 수 없어 괴로운 건 로제타도 마찬가지였다. 하지만 그는 2차 성징을 오래전에 끝마친 어른이었다. 여전히 물을 충분히 마셔야 살 수 있지만 물주머니를 따로 챙겨 다닐 필요까지는 없는. 아직 2차 성징을 겪지 않은 아이들의 고통이 얼마나 클지 그는 알 수 없었다. 그는 단 한 번도 물이 부족한 일 없이 살아왔으므로. 허물을 한 차례 벗는 2차 성징의 시기에는 다른 때보다 더 많은 물이 필요했다. 피부가 벗겨지는 성장통만 해도 몹시 아픈데 거기에 갈증과 메마름까지 더해지면 얼마나 고통스러울지 로제타는 감히 짐작할 수조차 없었다. 고개를 숙이고 있던 아이들이 가끔 고개를 들어 그와 눈이 마주칠 때면 그는 그들이 겪는 고통이 자기 때문이라는 죄책감에 빠져들었다. 물을 함부로 써댄 어른의 죗값을 아이들이 온몸으로 치러내고 있구나.

얼마 안 가 등교하는 아이들을 손에 꼽을 정도가 되었다. 비타빌 정부는 이제 물을 배급하기 시작했다. 아침에 한 번 가족 인원수대로 딱 정해진 만큼만. 아이들은 아침마다 학교가 아니라 배급 장소로 갔다. 자기 물주머니를 들고서. 처량한 표정을 지으면 조금 더 많이 배급받을지도 모른다는 기대감으로 갔다가 실망하기를 여러 차례 반복한 끝에 아이들은 길바닥에 털썩 주저앉아 망연히 하늘을 쳐다보는 법을 배웠다.

이제 로제타의 반에는 비타빌 아이 두 명과 하루, 딱 셋만 등교했다. 비타빌 아이 둘은 발육이 빨라 이미 2차 성징이 끝난 운 좋은 아이들이었다. 하지만 그렇다고 해서 상태가 좋은 건 아니었다. 그들 역시 그저 버틸 뿐이었다. 반면 하루는 예나 지금이나 별다를 게 없었다. 하루 역시 살아가려면 물을 마셔야 했다. 하지만 비타빌인처럼 피부가 늘 촉촉할 만큼 많은 물이 필요하지 않았다. 마음만 먹는다면 하루에 한 잔씩만 마시고도 몇 달을 버틸 수 있었다. 이는 비단 하루뿐만이 아니었다. 하루의 부족 모두 그러했다. 그들은 굳게 마음만 먹는다면 아침에 풀잎에 맺힌 이슬만 모아 먹고도 오랫동안 버틸 수 있었다.

로제타는 아무렇지도 않은 하루를 보며 복잡한 감정을 느꼈다. 동경과 희망, 알 수 없는 배신감과 분노, 그리고 열등감에 이르기까지. 마틴이 왜 하루에게 자기 물주머니를 채워오게 시켰는지를 어렴풋이 이해할 것 같았다. 그런데 놀랍게도 그가 그런 감정을 느낀 바로 다음 날부터 하루가 등교하며 마틴의 물주머니에 물을 가득 채워오기 시작했다. 로제타와 남은 두 명의 아이들은 몰래 그 물을 나눠 마셔가며 수업을 이어 나갔다. 이전까지는 아무 말 없이 수업을 듣기만 했던 하루가 질문하기 시작한 것도 그때부터였다. 하루는 특히 수학 시간에 질문을 많이 했다.

"a와 b가 어떻게 같을 수 있죠?"

로제타가 a=b, b=c이면 a=c가 된다는 걸 가르치고 있을 때 하루가 물었다.

"a랑 b는 원래가 서로 다른데 어떻게 똑같이 취급될 수 있나요?"

하루는 서로 다른 두 수식이 등호로 연결된다는 데까지는 잘 이해했다. 예를 들어, 2×3이 2+4과 같다는 것은. 하지만 수가 아닌 문자들 사이에 등식이 성립한다는 건 도무지 이해할 수 없었다. 하루에게 a와 b는 애초에 서로 다른 것을 가리키는 별개의 것이었다. a=a, b=b가 가능할 뿐 a=b가 되는 건 애초에 불가능. 그런데 a=c가 되기까지 하다니. 어떻게 '꽃=나무'가 되고 '나무=달'이 되고 그리하여 '꽃=달'이 된다는 말인가.

"거짓말이에요."

로제타가 보기에 하루는 대수(代數)의 개념을 전혀 받아들이지 못하고 있었다. 하루에게 수(數)는 무엇의 양을 헤아리도록 돕는 도구일 뿐 그 이상도 그 이하도 아니었다. 수로 꽃이나 나무, 달을 셀수는 있으나 '그것'이 될 수는 없다. 하루는 로제타에게 이렇게 묻고 있는 셈이었다. 어떻게 수라는 추상의 도구가 존재를 뜻하는 문자로 대체될 수 있나요? 그리고 그 문자들이 서로 어떻게 같아질 수 있나요? 하루가 끈질기게 의문을 제기하자 가만히 듣고만 있던 비타빌 아이 둘이 더는 못 참겠다는 듯 한숨을 길게 내쉬며 몸을 박박 긁어댔다. 그때야 하루는 입을 다물었다.

로제타는 하루의 질문에 난처해하는 한편 이제껏 하루가 수많은 의문을 꾹 참은 채 지내왔음을 알게 됐다. 어쩌면 하루에게는 내가 이제껏 가르친 세계가 애초에 가능하지 않은 세계였던게 아닐까. 그런 생각이 들자 알 수 없는 아득함이 느껴졌다. 로제타는 생각했다. 하루는 지금 질문이라는 형태를 빌려 끈질기게 이렇게 말하고 있는 건 아닐까.

우리는 너희와 달라.

*

　가뭄이 시작되고 나서 반년이 지났을 때 비타빌 정부는 긴급
이주 계획을 발표했다. 계획은 매우 단순했다. 비타빌을 버리고
숲으로 간다. 숲도 비가 오지 않기는 마찬가지였으나 비타빌에
비하면 훨씬 습도가 높다. 당장 타오르는 햇빛과 메마른 공기에
서만 벗어나도 최악의 상황은 피할 수 있으리라는 판단이었다.
하지만 그들이 숲으로 가려고 하는 훨씬 더 중요한 이유는 따로
있었다. 첩보에 따르면 지하수가 숲으로 흘러 들어가고 있었다.
도시에는 이상한 소문이 돌기 시작했다. 아웃빌리지인들이 지하
수를 몰래 훔쳐 가고 있다는.

　여느 날처럼 교실 뒷정리를 하던 로제타는 하루가 마틴의 물주
머니를 책상 고리에 걸어두고 갔다는 걸 깨달았다. 로제타는 그
것이 의도한 것인지 아니면 그저 깜박한 것인지 판단하기 어려웠
다. 설마 수학 시간에 자기 의문을 제대로 해소해 주지 못한 데
대한 벌로 물주머니를 두고 간 것일까. 거짓말과 속임수를 그만
두어야지만 다시 물을 떠다주겠다는 협박과도 같은 것. 하지만
아무리 생각해도 하루가 그런 마음을 품었을 것 같지는 않았다.
로제타가 아는 하루는 그런 아이가 아니었다. 하지만 그런 아이

란 대체 어떤 아이인가. 로제타는 하루를 이전보다 훨씬 더 잘 이해했다고 느낌과 동시에 훨씬 더 멀어졌음도 느꼈다. 갈팡질팡하던 로제타는 물주머니를 챙겨 들고 교장실로 갔다.

교장실은 이제 회반죽 칠이 된 곳보다 칠이 벗겨진 곳이 훨씬 더 많아 보였다. 메마른 공기는 회색빛을 쉽게 벗겨냈다. 불과 반년 만에 교장실은 폭삭 늙은 듯 혹은 되살아난 듯 보였다. 로제타는 문을 열고 들어선 순간 교장이 붉은빛 한가운데 앉아 있는 것 같다고 느꼈다. 그 빛이 어떤 빛인지 이제는 확실히 알 수 있었다. 비타빌과 아웃빌리지를 나누는 경계지에 드러난 흙의 빛깔. 학교가 그 흙으로 빚은 벽돌로 지어졌다는 소문을 그녀는 부임하기 전부터 알고 있었다. 로제타는 교장실에 처음 들어와 본 날 그 소문이 사실인지도 모른다고 생각했고 진실을 알고자 중고 서적상을 찾아다녔다. 그녀가 얻고자 한 건 이미 오래전에 잊힌 역사에 관한 책이었다. 하지만 모든 서적상이 그런 책은 없다고 얼버무렸고 로제타는 얼결에 아웃빌리지어 초급 회화책을 사 오고 말았었다. 이제 로제타는 진실을 굳이 찾아 헤맬 필요가 없음을 알았다. 눈앞에 진실이 있었다.

교장이 로제타에게 앉기를 권하며 말했다.

"고맙습니다. 끝까지 남아주셔서."

로제타는 학교에 남은 게 자신과 교장 단 둘뿐만이라는 사실이 잘 실감 나지 않았다. 로제타가 물었다.

"선생님께선 괜찮으십니까?"

교장이 그렇지 않다는 듯 검지로 가볍게 자기 뺨을 긁었다. 부스러기 같은 각질이 힘없이 아래로 떨어져 내렸다. 로제타는 전부터 궁금하던 것을 물어볼지 말지 망설였다. 교장이 그런 그를 물끄러미 쳐다보다가 말했다.

"선생님의 그 점이 처음부터 마음에 들었습니다. 늘 신중하시고 말을 아끼죠."

교장이 교장실을 쓱 둘러보고 나서 말을 이었다.

"이미 알고 계실 테지만 이 학교는 하물족이 지어주었습니다. 하물. 이 말을 입 밖에 내보는 것도 참 오랜만이네요."

교장은 서두를 것 없다는 듯 천천히 옛이야기를 들려주었다. 로제타는 말없이 그의 이야기를 경청했다. 비타빌 선조들이 평원에 도착하여 도시를 건설하고 번성하기까지의 일, 책으로 만들어져 아이들에게 역사라는 이름으로 가르쳐지는 이야기 뒷면에 숨은 이야기를. 이야기가 막바지에 이르자 교장이 힘겹다는 듯 중얼거렸다.

"그들과 함께 학교에 다닐 때까지만 해도 우리가 이렇게까지 뻔뻔하지는 않았습니다. 그들은 우리 눈앞에 실재했으니까요. 보기 싫어도 보아야 했고 듣기 싫어도 들어야 했죠. 아직도 민기지 않습니다. 채 백 년도 안 되는 시간 만에 이렇게 깡그리 잊을 수 있다니. 그런 척할 수가 있다니. 아시겠습니까? 우리가 그들을 쫓아낸 거예요. 자기들 보금자리를 순순히 내주고 학교까지 지어준 이들을 말이에요. 그러고서 또 그 짓을 벌이려고 하다니."

로제타가 붉은 벽돌을 바라보며 교장에게 물었다.

"이번에도 순순히 그렇게 해줄까요?"

교장이 한숨을 길게 내쉬더니 말했다.

"문제는 그게 아닙니다. 우리가 또 어떻게 망쳐놓을 건지에요."

로제타는 교장실을 나서며 생각했다. 하루를 만나야겠다고. 묻고 싶은 것이 있었다. 하지만 막상 만나면 물을 수 있을지는 자신할 수 없었다.

*

로제타가 비타빌과 아웃빌리지의 경계에 이르렀을 때 하루는 흙바닥에 쪼그리고 앉아 무언가에 열중이었다. 로제타는 하루를 부르려다가 말고 붉은 흙바닥으로 발을 조심스레 옮겼다. 딱딱한 포장도로와는 전혀 다른 부드러운 감촉이 발바닥에 전해졌다. 로제타는 자기도 모르게 몸을 떨었다. 포장되지 않은 길을 밟은 게 얼마 만인지 알 수 없었다. 그가 걸을 때마다 마른 흙먼지가 피어올라 허공에 흩어졌다.

"뭐 하니?"

로제타가 하루의 등 뒤까지 와서 물었을 때 하루는 힐끗 뒤를 쳐다보더니 놀라는 기색 하나 없이 하던 일을 계속했다. 로제타는 하루 곁에 쪼그리고 앉아 그가 하는 일을 지켜보았다. 하루는 주둥이가 좁고 길쭉한 나무통을 흙바닥에 눕혀두고 그 안에 달팽이들이 들어가도록 하고 있었다. 달팽이들은 꼭 개미 떼처럼 줄지어 비타빌 쪽에서 아웃빌리지 쪽으로 천천히 기어 오고 있었다. 달팽이들이 지나온 곳에 가늘고 길게 팬 자국이 보였다. 로제타는 그것들이 달팽이인 줄 잘 알면서도 꼭 처음 보는 생물인 것처럼 달팽이가 맞느냐고 물었다. 하루는 대꾸 없이 하던 일을 계속했다.

이윽고 나무통이 달팽이로 반쯤 찼을 때 하루가 통을 들고 일어나 숲으로 들어갔다. 로제타는 망설이다가 하루를 쫓아갔다. 흙바닥에서 숲으로 한 발짝 옮기는 일은 포장도로에서 흙바닥으로 한 발짝 옮기는 일보다 훨씬 더 긴장되는 일이었다. 이로써 나는 처음으로 아웃빌리지에 발을 들여놓았구나, 하는 탄식과도 같은 생각이 머릿속을 스쳤다. 하지만 막상 숲에 들어서고 나자 경계심은 금세 사라지고 대신 안도감이 밀려들었다. 숲은 그늘 졌고 놀랄 만큼 습했다. 로제타는 떠도는 소문을 떠올렸다. 아 웃빌리지인에게 지하수를 숲으로 빼돌릴 힘이나 기술이 있을 리 가 없는데도 지금 이 순간에는 소문이 사실인 듯 느껴졌다. 지 하수가 스스로 숲으로 방향을 틀었다고 믿는 것보다 아웃빌리지 인이 알 수 없는 주술적 힘으로 그렇게 했다고 믿는 편이 더 그 럴듯하지 않은가. 하지만 금세 그런 생각을 한 자신이 한심하게 느껴져 고개를 흔들었다.

우듬지가 큰 나무 아래 이른 하루가 나무통을 그 아래 눕혀두 었다. 나무 밑동과 그 주변으로 푸른 이끼가 카펫처럼 넓게 퍼 진 게 보였다. 달팽이들은 들어갔을 때와 마찬가지로 천천히 줄 지어 통 밖으로 나왔다. 그들의 움직임은 이전과 다른 게 없이 느릿느릿했다. 그런데도 로제타는 어쩐지 그들이 소란스럽다고 느꼈다. 놀람과 반가움. 기쁨과 안도감. 위 더듬이 끝에 달린 두 눈이 분주히 주변을 탐색했고, 아래 더듬이 끝에 달린 두 눈은 축축한 이끼 안으로 들어가 나올 생각을 하지 않았다. 로제타는 탐색을 끝마친 달팽이들이 등에 짊어진 집을 바닥에 내려놓고 밖으로 나오는 걸 보았다. 어느새 그의 곁으로 다가온 하루가 말했다.

"며칠 전부터 몰려왔어요. 흙을 건너오는 것만으로도 이미 온 힘을 다 썼나 봐요. 조금만 더 가면 원하던 곳이 펼쳐지는데 그걸 못 보고 떼 지어 죽어 있었어요."

하루는 그때부터 하교 때마다 달팽이 떼를 숲으로 옮겨주었다고 했다. 목숨을 걸고 붉은 흙의 강을 건넌 그들이 목숨을 잃기 전에 원하던 곳에 이를 수 있도록. 로제타는 몇 달 전 하루가 했던 말을 떠올리며 중얼거렸다.

"네가 말했던 게 이거였구나."

시작될 거라던 하루의 말. 점점 더 나빠질 거라던 그 말의 뜻이 지금 자신이 본 광경 하나에 모두 담겨 있다는 생각이 들었다.

마지막 달팽이까지 전부 숲으로 옮겨주고 난 하루가 긴 한숨을 내쉬었다. 로제타는 그의 곁에 서서 아무 말도 못 하고 쭈뼛댔다. 하루가 그런 그에게 손을 내밀었다. 로제타가 그의 손을 내려다보고 있자 하루가 또 한 번 한숨을 내쉬고 나서 말했다.

"주세요. 그거 주려고 오신 거잖아요."

로제타는 '아' 하고 말한 뒤 가방에서 물주머니를 꺼내 하루에게 주었다. 하루가 물주머니를 받아 든 순간 로제타는 얼굴이 화끈 달아오르는 걸 느꼈다. 하루는 잠시 기다리라고 말한 뒤 숲으로 뛰어 들어갔다가 되돌아왔다. 돌아왔을 때는 등교 첫날

입었던 그 보자기 같은 옷을 입은 채였고 손에는 물이 가득 찬 물주머니가 들려 있었다. 하루가 말없이 물주머니를 로제타에게 건넸다. 로제타는 물주머니를 받으며 고맙다고 말하려다 그만두었다. 그 말에는 지금 자신이 느끼는 복잡한 마음이 채 반도 담겨 있지 않을 것임을 알았기 때문이다. 하루가 대뜸 돌산을 가리키며 말했다.

"저 산의 이름은 가디언이 아니에요. 절벽도 가디언 윙이 아니고요."

하루는 산의 원래 이름은 '온'이고, 절벽의 이름은 '세찬'이라고 말해주었다.

"온은 모든 것이란 뜻이고, 세찬은 힘 있고 억세다는 뜻이에요."

하루는 하물족의 모든 이름에는 이런 식으로 저마다 뜻이 있다고 했다. 로제타는 돌산을 우두커니 바라보다가 물었다. 그렇다면 하물은 무슨 뜻이냐고. 하루가 대답했다.

"하물은 '큰물'이란 뜻이에요."

"그럼 네 이름은?"

"하루하루 스스로 나아가야 할 길을 정하라는 뜻이래요."

한숨을 내쉬며 답한 하루는 자기 이름의 의미가 이토록 무거운 것인지 알았다면 진작 이름을 바꿔달라 했을 거라고 중얼거렸다.

"물론 그럴 순 없어요. 이름은 함부로 붙이는 게 아니고, 한번 이름이 붙으면 거기엔 힘이 깃드니까요. 엄마가 그랬어요. 무언가에 이름을 붙이고 나면 그 이름의 뜻을 존중하며 살아야 한다고요."

로제타는 하루의 말을 들으며 비타빌을 떠올렸다. 비타빌이란 이름을. 로제타가 물었다.

"비타빌은 너희에게 어떤 뜻이니?"

"글쎄요. 그건 우리 말이 아니라 모르겠어요. 하지만."

"하지만?"

"좋은 이름인 것 같아요."

로제타는 아까부터 자꾸만 머릿속에 떠오르는 선명한 이미지에 관해서도 묻고 싶었다. 그것은 달팽이 떼처럼 숲으로 몰려오는 비타빌인들의 모습이었다. 우리도 허락해 줄 거니? 나무통만큼의 선의를 우리에게도 베풀어 줄 수 있니? 하지만 속으로 그렇게 물을 뿐 차마 그 말을 입 밖으로 내지는 못했다. 로제타가 아무 말 없이 있자 이번에는 하루가 물었다.

"저도 하나만 물어봐도 돼요?"

로제타는 당연하다는 듯 고개를 끄덕였다.

"저는 엄마의 뒤를 이어야 해요. 그렇게 되어 있어요. 하지만 아빠는 반대해요. 엄마도 강요하지 않고요. 아직까지는요. 꼭

제게 선택권이 있는 것처럼 말해요. 하지만 저는 차라리 엄마 뒤를 이어야만 한다고 속 시원히 말해주는 편이 낫다고 생각해요. 선생님은 어떻게 생각하세요?"

로제타는 엄마의 뒤를 잇는다는 게 무슨 뜻인지 묻지 않았다. 하지만 하루가 무엇 때문에 혼란을 겪고 있는지는 충분히 느껴졌다. 로제타는 고심 끝에 대답했다.

"내가 너라면 네 이름의 뜻대로 살지 않을까 싶은데."

로제타의 대답에 하루는 한숨을 내쉬며 말했다.

"누가 선생님 아니랄까 봐요."

하루가 이제 할 말을 다 마쳤다는 듯 작별 인사를 건넸다.

"그동안 감사했어요. 내일부터는 못 나가요."

로제타는 망연한 표정으로 하루를 바라보았다. 이게 정말 마지막이라면 그녀가 정말 묻고 싶은 건 앞선 그 질문이 아니었다. 그녀는 이곳에 오기 전부터 하루에게 이렇게 묻고 싶었다.

너는 그동안 우리에게서 무엇을 배웠니?

하지만 이 역시 차마 묻지 못했다.

눈으로 한 번 더 작별 인사를 건넨 하루가 숲으로 뛰어들어 사라졌다. 하지만 로제타는 한동안 돌아가지 않고 혼자 우두커니 서 있었다. 어느새 어스름해진 하늘 위로 둥근 달이 떠올랐다. 밑면이 구름에 가려진 채였다. 로제타는 그 모습이 꼭 무거운 집을 짊어진 달팽이 같다고 느끼며 숲의 바깥을 바라보았다. 거기 달빛에 어스름히 비친 회색빛 마을이 홀로 덩그러니 놓여 있었다.

박지음

2014년 영남일보 신인문학상을 받으며 작품 활동을 시작했다. 2017년 월간토마토 문학상을 수상했고 2018년에 한국문화예술위원회 아르코 창작 기금을 받았다. 소설집으로 『네바 강가에서 우리는』, 『관계의 온도』가 있으며, 『여행 시절』, 『소방관을 부탁해』, 『쓰는 사람』을 함께 썼다.

붉은 물고기 되기

노란 버스가 에너지 팜 앞에 멈췄다. 버스 앞의 팻말에 손자가 다니는 초등학교 이름이 보였다. 옥순은 원전 홍보를 위해 초등학교 학생들의 현장 체험학습을 유치한다는 말을 들은 적이 있었다. 옥순은 급한 마음에 버스 앞을 막아서서 양팔을 벌렸다. 버스 기사가 의아한 표정을 짓자 옥순이 버스로 다가갔다. 옥순은 숨이 찼다.

─죽으려고 환장했어요?

버스 기사가 소리를 질렀다. 옥순은 손을 떨면서 휴대폰으로 부위원장한테 전화를 걸었다. 가로수 건너에 있는 일행을 부르기 위해서였다. 잠시 후 손수레 바퀴들이 바닥을 구르는 소리가 들렸다. 몰려든 집회자들이 가로로 길게 서서 버스를 막았다. 집회자들 옆에 철 드럼통, 흰색 관, 노란 드럼통 등이 나란히 서 있었다. 핵폐기물을 형상화한 집회 물품이었다. 상복을 걸친 집회자처럼 옹색해 보였다.

─원전 반대 집회하는 지역입니다. 어린아이들을 여기 데리고 오시면 안 됩니다.

부위원장이 나서서 말했다.

─이보세요. 저기 코앞에 마을이 있어요. 여기랑 저기랑 얼마나 차이가 난다고 그럽니까? 저 마을의 아이들인데 몇 걸음 걸어 들어왔다고 갑자기 죽기라도 한다고요?

버스 기사의 말에 부위원장이 주춤하고 물러섰다.

─내 손자도 여기 초등학교 다녀요. 난 내 손자가 원전 가까이 오는 거 싫습니다. 우리 손자 코피라도 흘리면 책임질 거요?

부위원장 옆에 서 있던 옥순이 말하자 물러서려던 집회자들이 한 발 다가섰다. 버스 기사가 휴대폰으로 전화를 걸었다. 통화가 끝난 후 버스 기사는 집회자들을 아랑곳하지 않고 문을 열었다.

선생이 먼저 내리고 나서 아이들이 한 명씩 내렸다. 마치 작은 물고기 떼처럼 아이들이 쏟아져 나왔다. 아이들은 내리자마자 휴대폰으로 인증 사진을 찍었다. 하나, 둘, 셋. 팔짝팔짝 제

자리 뛰기를 하는 아이가 있는가 하면, 친구의 얼굴을 마주 보며 깔깔 웃는 아이도 보였다. 왁자지껄한 와중에 옥순과 집회자들을 두리번거리는 아이도 있었다. 버스에서 쏟아져 나온 아이들이 이리 뛰고 저리 뛰고 우왕좌왕하는 틈에 버스는 슬며시 후진했다. 게임에 빠진 아이들은 휴대폰 화면에 눈을 박아 넣은 채 앞을 보지 않고 걷다가 친구와 부딪쳤다. 선생이 깃발을 들고 소리쳤다. 자, 우리 반 모여요. 아이들은 대번에 말을 듣지 않았다. 보고 있는 옥순이 애가 탈 지경이었다. 삑. 삑. 삑. 귀청을 찢는 호루라기가 울렸다. 아이들이 하나씩 선생 앞에 모여들었다.

옥순은 손자 해상을 눈으로 찾았다. 그러고 보니 손자가 김밥을 싸달라는 말을 하지 않았다. 옥순은 잠시 잠깐 김밥까지 생각하고 있는 자신이 어이가 없었다. 당장 손자를 버스에 태워 돌려보내야겠다고 마음을 고쳐먹었다. 휴대폰에 코를 박고 게임을 하고 있던 아이가 손자 해상이었다. 자, 다들 휴대폰 반납해요. 사진 찍으라고 걷지 않았더니 안 되겠네. 담임 선생이 외쳤다. 해상은 뒷걸음으로 슬금슬금 물러나며 게임을 계속했다. 옥순이 다가가려 할 때였다. 승용차 몇 대가 들어섰다. 차 문이 열리고 직원들이 내렸다. 경찰차도 진입했다. 제복을 입은 경찰을 보자 옥순과 집회자들은 한 발 뒤로 물러났다.

─허용된 집회 장소를 벗어나면 연행될 수 있습니다.

경찰이 말했다. 옥순은 코앞에 경찰을 두고도 눈으로 손자 해상을 좇았다. 담임 선생이 손자에게 다가가 휴대폰을 뺏자 손자는 눈을 치떴다. 저 녀석이 선생님께 덤비네. 옥순은 자신도 모르게 입 밖으로 말했다. 손자가 옥순과 눈을 마주치더니 얼굴이 붉어졌다. 옥순이 손자의 이름을 외쳐 부르려고 하자 손자가 고개를 숙이고 눈을 피했다. 선생님 왜 경찰이 왔어요? 선생님 우리 다 잡아가요? 다른 아이가 담임 선생에게 다가가서 물었다. 선생님 저 할머니, 할아버지들은 누구세요? 왜 우리 못 가게 막아요? 그 옆에 서 있던 아이가 자못 심각한 표정으로 물었다. 담임 선생은 아이들을 다독이느라 말했다. 아니야, 경찰 아저씨들은 우릴 잡아가지 않으실 거야. 선생님 말씀만 잘 들으면 돼. 그러자 옆의 아이가 물었다. 그럼 저 할머니, 할아버지는요? 담임 선생은 잠시 머뭇거리며 집회자들을 둘러봤다. 옥순과 눈이 마주친 담임 선생은 인사를 하며 멋쩍게 웃었다. 해상을 입학시킬 때 학교에서 인사를 나눈 터라 알아보는 듯했다. 담임 선생이 아이에게 답을 했다. 원전에서 방사능물질이 유출되면 위험하니까 더 안전하게 관리해 달라고 집회를 하시는 거야.

─어? 해상이네 아빠야.

그제야 옥순은 원전 직원 중에 아들이 있는 것을 알아보았다.

아들 옆에 선 직원이 옥순을 보고 고개를 까딱하고 인사했다. 며칠 전에 만난 직원이었고 어제도 통화했던 직원이었다. 아들이 계약직으로 일하는 원전의 인사 담당자였다.

　-아드님 계약이 얼마 안 남았지요?

　정수리가 훤한 인사 담당자가 아들의 서류를 내밀며 옥순의 눈을 봤다. 옥순은 그의 눈빛에 명치가 뜨거워졌다. 옥순은 그의 눈을 피해 서류를 살폈고 아들의 계약 기간이 곧 끝난다는 사실을 확인했다. 옥순은 한숨을 내쉬며 아들의 미래를 그려봤다. 아들의 입사가 결정되면 다음 달 초에는 정식 직원이 될 것이고 정규직이 누리는 각종 혜택을 누릴 것이다. 서류에는 아들이 계약직으로 일한 호봉까지 쳐서 직급과 호봉이 계산되어 있었다. 퇴직 후에 받을 수 있는 연금 수령액도 적혀 있었다. 옥순은 자신이 입고 있는 집회자용 조끼가 등을 누르는 기분이 들었다.

　-위원장님이 충분히 인지하고 나오신 줄로 알고 있습니다만.

　옥순은 그전까지 원전 직원을 만나도 말을 섞지 않겠다고 다짐했던 터였다. 7년 전 집회를 시작할 때는 인원이 넘쳐서 농성 천막 공간이 부족했다. 머릿수가 많으니 가두 행진을 할 때면 눈길을 사로잡기 좋았다. 그때 옥순은 일반 회원이었다. 원전 측의 회유는 윗선부터 시작되었다. 직급을 맡은 사람이 협상을 위해 원전 직원을 만날 때마다 농성 천막을 떠났다. 어느 기관의 장이나, 운영 이사를 맡는 조건으로 타협했다고 소문이 돌았다. 1년이 지났을 때 일반 회원 일부도 걸음을 끊고 오지 않았다. 남은 사람들이 조직위원을 다시 선출했다. 여론의 관심이 뜸해지자 원전 반대 집회자 모임이 와해되기 시작했고 더 이상 회유도 없었다. 5년이 지났을 때는 지쳐서 집회자 대부분이 떠났다. 올해 옥순은 위원장을 맡았다. 잠잠하던 원전 문제가 불거진 것은 일본의 후쿠시마 오염수 방류로 인해 언론이나 환경 단체가 이곳을 주목하기 시작하면서였다. 옥순은 올해 여러 신문사와 인터뷰를 했다.

─저를 어떻게 보고 이런 걸 내밀고 그럽니까? 제가 늙은이라 만만합니까?

옥순이 서류를 구기며 말했다. 인사 담당자는 난처한 표정을 짓더니 커피를 들이켰다.

그 인사 담당자가 보란 듯이 아들을 앞세우고 나와 있었다.

이러려고 너 위원장 맡았어? 한자리 얻으려고?

몇 년 전 옥순이 지인에게 던진 질문이 자신에게 부메랑처럼 날아왔다. 옥순은 뒷걸음쳤다. 옥순의 뒤에 서 있던 집회자들이 옥순의 몸을 앞쪽으로 밀었다. 위원장 아들이래. 잘생겼네. 원전 인사 담당자를 만난 일을 모르는 집회자들이 옥순의 아들을 추어올렸다. 원전 직원들과 경찰은 아이들 편에 서 있었다. 그들을 막고 있는 사람들이 옥순과 일행이었다.

－오늘 선물도 많이 준비했어. 맛있는 밥도 직원 식당에서 같이 먹자.

어색한 분위기를 풀려고 그러는지 직원이 말했다.

－빨리 들어가고 싶어요. 원전 1호기 동굴 탐험도 있다고 들었어요.

아빠를 알아본 해상이 기가 살아서 말했다.

－거기 들어가서 소리치면 메아리가 울린대.

다른 직원이 말했다.

－그런데요. 저 말은 뭐예요?

아이 하나가 손가락으로 가리켰다. 아이들의 눈이 일제히 옥순의 옆에 놓인 통으로 옮겨갔다.

이주만이 살길이다.

옥순은 아침에 가두 행진을 하던 시간을 되새겼다.

그날 아침 노란 조끼를 입은 옥순이 바퀴 달린 수레에 핵폐기물을 형상화한 통을 싣고 맨 앞에서 행진을 시작했다. 옥순은 모자를 쓰고 얼굴은 마스크로 가린 채 무거운 짐을 끌 듯 끈을 잡고 앞으로 걸었다. 옥순의 뒤를 따르는 사람이 끄는 하얀색 통에는 해골 모양이 그려져 있었다. 그 뒤에는 관이 끌려가고 있었고 그 뒤에는 노란 드럼통을 밀고 가는 남자가 있었다. 노인들로 구성된 남루한 장례 행렬처럼 보였다. 그들이 향하는 곳에 둥근 지붕의 원전 네 동이 차례로 보였다. 1970년대에 만들어진 1호기는 멈추어져 있었다. 2호기 3호기 4호기가 밤낮을 가리지 않고 돌아갔다. 옥순은 그것들을 보자 머릿속이 둥둥 울리며 두통이 왔다.

월요일 출근길이라 자동차가 옥순의 옆을 지나 정문으로 미끄러지듯 들어갔다. 월요 집회가 에너지 팜 직원들에게도 지극히 일상적인 풍경처럼 여겨지는지 차를 세우고 노려보는 눈 하나가 없었다. 바닷가에서 습도 높은 바람이 불어와 숨이 턱 막혔다. 옥순은 아침에 삼킨 알약이 명치에 걸린 것 같아 가슴을 쳤다. 이를 악물어도 기운이 없었다. 그때 옥순의 옆에 차 한 대가 섰다. 옥순의 뒤에서 걷던 시위자가 잠시 시선을 보냈다. 차창을 내리고 아들이 인사했다.

–너 차 어디서 난 거냐?

옥순이 마스크를 턱으로 내리며 물었다.

–할부로 샀소.

아들이 벌써 정규직이 된 것처럼 돈을 쓰는 것 같아 옥순은 못

마땅했다. 울화통이 터지자 명치가 막혔고, 속이 울렁거렸다. 아랫배가 찌르르했다.

　-오늘 내 생일인 것은 알고 있냐?

　아들은 차창을 올리면서 말했다.

　-알아요. 어머니, 나 정규직 제의 들어왔다고 안 했소? 어머니 덕 좀 봅시다.

　아들이 차에서 내렸다. 옥순은 아들을 차에 밀어 넣으려고 했다. 집에서 이야기하자. 아들은 옥순의 손에 돈을 쥐여주고 차에 탔다. 고기라도 한 근 끊어서 저녁 먹읍시다. 요즘 기운도 없는 것 같은데. 옥순은 아들이 손에 쥐여준 돈을 놓쳤다. 차가 출발하고도 옥순은 움직이지 않고 집회자들이 아들의 말을 들었을까 봐 주변을 살폈다. 옥순은 위원장직을 사퇴하는 서류에 사인하는 상상을 했다. 먹고 살아야 하지 않겠어. 옥순의 친구는 떠나면서 말했다. 이 싸움은 끝이 보이지 않아.

　옥순이 고개를 숙이자 오만 원짜리 지폐가 바닥을 구르고 있었다. 옥순을 기다리던 집회자들이 옥순을 앞질러 걸었다. 그참에 지폐가 바람에 날아가 도로 건너편으로 갔는데 그곳에는 원전 홍보 전시 건물이 있었다. 그 방향으로 날아간 지폐를 찾으려고 옥순은 쫓아갔다. 옥순은 숨이 차고 속이 울렁거려 걸음을 재게 옮기지 못했다. 손에 쥔 줄을 놓치며 옥순은 넘어졌다.

무릎이 욱신거리고 구역질이 나서 한참을 그 자리에 앉아 있었다. 다시 몸을 일으킨 옥순은 바람에 날아가는 지폐를 겨우 따라잡아 주머니에 넣었다. 옥순이 고개를 들자 간판에 귀여운 캐릭터가 서 있었고 캐릭터 옆에 쓰여 있는 문구가 보였다. 에너지 팜으로 오세요.

－안 돼! 거기 들어가면.

옥순은 배에 힘을 주고 큰소리를 냈다. 일순간 찬물을 끼얹은 것처럼 주변이 고요해졌다. 아이들의 조잘거림이 멈추자 바닷바람이 밀어닥치는 벌판에 선 것처럼 삭막해졌다. 다정한 물음들과 웃음을 머금은 대답들이 사라지고 의아한 눈들이 옥순을 바라보았다.

－왜 저기 들어가면 안 돼? 할머니는 왜 저런 걸 해?

해상이 손으로 집회 물품을 가리켰다.

－할매가 말했잖아. 다 너를 위해서 하는 것이라고.

아들은 원전 직원들의 눈치를 살피면서 옥순을 향해 인상을 구겼다.

－할매가 창피해.

손자의 까맣게 반질거리는 머리통을 보다가 옥순은 꽥 소리를 지르고 말았다. 내내 골을 누르던 두통이 비명으로 터져 나왔다.

－내가 누구 때문에 이러고 있는데. 할매가 창피해. 할매가?

하나씩 불이 꺼지는 것처럼 아이들의 빛나던 눈이 일순간 빛을 잃고 흐려졌다. 작은 물고기 떼의 눈처럼 까만 눈들이 깜빡였다.

－할머니는 왜 이사하려고 해?

손자가 눈물이 그득한 눈으로 물었다. 왜 너만 고향을 떠나려고 안달하냐고. 너는 이 땅이 싫은 거냐고. 이주를 반대하는 주민들이 옥순에게 묻던 말이었다. 그 말을 고스란히 손자의 입으로 들으니 말문이 막혔다. 그 사람들은 에너지 팜에서 지원금을 받아 사업을 하는 쪽의 사람들이었다. 바다가 오염돼도 상관없는 사람들이었고, 암에 걸려 아프거나 죽지 않을 것처럼 건강해 보였다. 옥순은 그 맵던 물음에는 몇 시간이고 떠들며 답해 줄 수 있었다.

이 마을은 땅도 물도 이미 방사능에 오염되었다고.

그러나 손자의 눈물 맺힌 물음에는 쉽게 말이 나오지 않아 입을 달싹였다. 옥순은 마른 가슴을 두드렸다. 아침에 미역국에 밥을 말아 먹었는데 넘어올 것 같았다. 부쩍 먹는 것도 버거웠다. 옥순은 가슴을 치다가 무수하게 지나간 월요집회 날짜를 꼽아봤다. 1년 동안 월요일은 52주의 맨 앞에 있었다. 7년이면 364주였다. 월요일만으로 달력을 만들어도 1년 치를 만들 수 있는 날이었다. 간혹 찾아오는 기자들에게 삼중수소^{tritium} 기준치

초과를 설명하면서 옥순은 자부심을 느꼈다. 대통령이 되고 싶은 사람이나 국회의원 후보자가 찾아와 몇 마디 물을 때면 옥순의 말은 더 빨라졌고, 표현은 적확했다. 대통령이 되고 싶은 사람이 대통령이 되고 나서는 농성 천막을 찾아오지 않았다. 그와 찍은 사진 몇 장만 벽에 걸려서 색이 바랠 뿐이었다. 국회의원에 당선된 사람도 다음 선거까지 농성 천막을 찾지 않았다. 그들은 선거철에 나타나 다 해줄 것처럼 굴다가 선거가 끝나면 시끄럽고 불편한 문제라며 등을 돌렸다. 그들이 오지 않아도 환경단체가 찾아왔고 지역 환경운동협회에서 기자와 함께 왔다. 옥순은 농성 천막의 문을 열고 들어서는 사람이 그 누구든 설득할 수 있었다. 옥순은 손자와 아들만은 설명하지 않아도 자신이 하는 일을 알아줄 거라고 믿었다.

손자는 옥순이 대답하지 못하자 자신이 이겼다고 생각했는지 콧구멍을 바짝 세웠다.

—할머니, 나 에너지 팜에 들어가서 놀래.

원전 직원들이 아이들의 손을 잡았다. 담임 선생은 그제야 안도하는 눈빛이었다. 옥순은 바짝 약이 올라서 무슨 짓이든 하고 싶었다.

—너 거기 들어가면 할매 죽는다.

옥순은 말을 뱉어놓고, 고개를 꺾고 구토를 했다. 미역이 섞인 토사물이 폭포수처럼 쏟아졌다. 손자가 울음을 터트렸다. 손자가 울자 아이들이 따라 울었다. 할머니 진짜 죽어? 손자가 물었다. 옥순이 토해놓은 토사물은 지독한 냄새를 풍기며 바닥을 적셨다. 옥순은 고개를 끄덕이고 바닥에 주저 앉았다. 기운이 없었다. 아이들이 울자 집회자들도 에너지 팜 직원들도 경찰도 주춤하고 숙연해졌다. 아이들과 대치하고 있던 노인들의 눈이 붉어졌다. 날카롭게 벼려져 있던 분위기가 물기에 젖은 듯 풀어져서 흐물거렸다. 소슬한 바람이 옥순의 뺨을 스쳤다.

그 순간 비가 쏟아졌다. 노인들의 머리에도 아이들의 머리에도 비가 떨어져 내렸다. 천둥 같은 폭발음이 들렸다. 원전의 2호기 3호기 4호기의 기둥에서 증기가 솟아 나왔다. 마치 거대한 밥통에서 추가 터지듯 폭탄이 터지듯 지진이 나듯 굉음이 울렸다. 아이들이 비명을 지르며 귀를 막았다. 아이들은 공포와 두려움에 떨며 큰 소리로 울기 시작했다. 솟아 나온 김이 에너지 팜 주변으로 몰려와 뿌연 장막을 쳤다.

―해상아, 할매한테 와라.

옥순이 울고 있는 손자에게 손짓했다. 옥순은 손자를 안아주고 비를 맞지 않게 품어주고 싶었다. 그러나 손자는 고개를 흔들고 울었다. 빗줄기가 굵어졌다. 에너지 팜 직원들이 비를 피해 먼저 자리를 떴다. 선생님 무서워요. 선생님 동굴이 터져요?

아이들은 눈물 콧물을 흘리며 선생에게 매달리며 에워쌌다. 난리도 이런 난리가 없네. 집회자들이 중얼거렸다. 버스가 와서 문을 열자 선생은 아이들을 차례로 버스에 태웠다. 옥순은 손자가 눈물을 훔치는 모습을 놓치지 않고 보았다. 옥순의 머리에 차가운 비가 바늘처럼 꽂혔다.

–그만 철수합시다.

총무가 말했다. 오늘의 사건이 집회자들 사이에 생기를 불어넣은 듯했다. 마치 죽기 전의 아이들을 살린 것처럼. 비를 맞지 않기 위해 각자의 자리로 뛰어 들어가던 직원들에게 맞서 승리를 거머쥐었다고 생각하는 것처럼. 그때 직원 한 명이 우산을 들고 와서 집회자들에게 하나씩 나눠주었다.

–어르신들 비 맞으면 감기 걸려요. 압력이 올라가서 가끔 경고 없이 증기가 터지는 겁니다. 위험한 상황은 아닙니다.

원전 직원이 말했다.

–우리도 알지. 한두 해 살았어야지. 암, 알고 있어.

집회자들이 말을 받았다.

집회자들은 농성 천막으로 돌아왔다. 직원 중에 착한 사람도 있어. '에너지 팜'이라고 글자가 적힌 우산을 접으며 부위원장이 말했다. 저번에는 나를 집까지 태워다 주던데요. 저 사람들도 집에 부모들 있으니까. 부모 생각났겠지요. 집회자들은 노구의 몸에 비를 맞아 몸을 떨었다.

　–저 양반들도 다 먹고살라니까, 원전에서 돈 벌겠지요. 위원
장님 아들처럼. 위원장님 오늘 원맨쇼 끝내줬어요. 역시 몸으로
보여줘야 돼요. 죽어가는걸.

　총무가 옥순을 봤다. 옥순이 고개를 끄덕이며 난로에 불을 지
피자 농성 천막 안에 훈훈한 열기가 감돌았다. 옥순이 난로 뚜
껑을 열자 장작이 붉게 타고 있었다. 원전 안에 연료봉도 열기
를 내기 위해 핵분열을 일으키고 있을 것이다. 원자력발전소에
서 만들어진 에너지가 도시로 가서 누군가의 방을 데우고 있을
것이다. 전기가 돌아가고 여름에는 에어컨을 돌리고. 원전의 에
너지를 사용하는 기업들은 에너지 수급이 딸리면 집회자들을 탓
했다. 이 나라를 돌리는 사업을 망하게 할 사람들이라고. 수출
이 막히고 경기 불황이 오는 것까지 원전 반대 집회자 때문이라
고 했다. 그들의 원성은 고스란히 이 마을에 머무는 원전 찬성
단체들의 입을 통해 집회자들에게 쏟아졌다. 옥순은 그들이 나
쁘다고 생각하지는 않았다. 원전이 들어오면서 시작된 마을의
분열이 골이 깊어지고 있을 뿐이었다.

　〈직원 사택에도 바로 입주할 수 있습니다.〉

　옥순의 휴대폰 문자 알림에 뜬 내용이었다. 말로만 듣던 에너
지 팜 사택에 들어가 살면서, 이 마을의 지하수가 아니라 다른

물을 실컷 마시고 몸을 씻을 수도 있는 제안이었다. 아들에게는 여자가 생기겠지. 해상에게는 엄마가 생기고. 옥순이 눈 한번 감고 사인만 하면.

 -해상이 그 녀석 그사이에 훌쩍 컸던데요. 애가 아주 똘똘해요. 할머니한테 할 말 다 하는 것 좀 봐요.

 부위원장이 다른 생각에 빠져 있는 옥순에게 말했다. 옥순은 문자를 지우고 휴대폰을 주머니에 넣었다.

 -엄마 없이 애를 키운다는 게 쉽지 않네요.

 옥순이 말하자 집회자들이 숙연해졌다. 아들이 갓난쟁이 해상을 데리고 마을로 돌아왔을 때, 옥순은 손자를 위해 이곳을 떠나고 싶었다. 그러나 원전이 들어오고 집도 땅도 거래되지 않았다. 마을을 떠나서 먹고살 돈이 필요했다. 집회를 시작했을 때는 누구도 옥순의 존재를 알아주지 않았다. 5년이 지나고 집회하던 젊은 사람들이 떠나고 나자 노인들만 남았다. 그때부터 노인 중에 젊은 옥순의 존재가 도드라졌다. 7년째에 옥순은 위원장이 돼 있었다. 보고 배운 대로 했더니 어느새 환경운동의 리더라고 불렸다. 옥순은 7년째 같은 날 같은 말을 외치다 보니까 왜 집회를 시작했는지 잊고 있었다. 시작이 중요하지 않고 길어진 싸움을 더 할지 그만둘지 그 선택이 중요했다. 그 선에서 옥순은 더 하는 쪽을 선택했다. 어디까지 가는지 한번 해보자고.

부위원장이 옥수수를 난로 위에 올리며 말했다. 부위원장의 목 언저리에는 흉터가 있었다. 갑상선암을 잘라낸 자리였다. 부위원장은 기운이 없다며 늘 먹을 것을 챙겨서 다녔다. 소화도 일이라고.

—강원도 옥수수니까 안심하고 드세요.

폐핵연료를 식히는 수조의 물은 삼중수소가 가득 포함된 오염수였다. 오염수가 든 수조는 원래 스틸로 만들어져 있어야 하는데, 이곳은 에폭시로 처리된 수조였다. 얇은 에폭시는 구멍이 날 수밖에 없고 그때마다 삼중수소가 포함된 물이 새기 마련이었다. 삼중수소가 포함된 오염수는 땅에 스며들어 이 마을의 지하수로 유입되었다. 구운 옥수수를 뜯어 먹으면서 부위원장이 말했다.

—태평양 섬에 방사능 폐기물을 묻어놓은 곳이 있는데요. 폐기물을 덮어놓은 시멘트가 갈라지면서 방사능이 유출되었대요. 그 섬에 기형아들이 출산된대요. 물고기도 변형된 물고기가 잡히고요. 볼락이 마치 지옥에서 온 물고기처럼 묘하게 생겼더라고요. 우리 마을의 방사능 수치도 앞으로 태어날 아이들에게 어떤 영향을 미칠지 걱정이에요.

마샬군도의 루닛 돔에 관해 옥순과 총무는 이야기했었다. 그곳의 붉은 물고기에 관해. 총무가 단체 톡에 링크를 올렸다. 옥순은 링크를 열어보았다. 괴생명체처럼 생긴 붉은 물고기와 뇌가 커진 아이, 다리가 비정상적으로 커진 아이 등의 사진은 볼 때마다 아찔했다. 옥순은 가라앉았던 속이 다시 울렁거렸다. 누구 하나가 죽어야 말을 들어줄 모양입니다. 총무가 중얼거렸다. 옥순의 휴대폰이 울렸다. 옥순은 좀 전의 문자를 떠올리고 휴대폰을 들고 농성 천막 밖으로 나왔다. 아들이 응급실에 있다는 소식이었다.

응급실에는 얼굴과 몸이 새빨갛게 변한 아들이 누워 있었다. 좀 전에 링크에서 봤던 볼락처럼. 지옥에서 온 붉은 물고기 볼락이 떠올라 옥순은 기겁했다. 볼락의 아가미가 움직이듯 아들이 코로 숨을 토해냈다. 아들이 눈을 뜨더니 몸을 털고 일어났다. 옥순은 붉게 변한 아들의 몸을 더듬었다. 의사는 특별한 이상은 없고 잠깐 정신을 잃고 쓰러진 것이라고 말했다.

-우리 아들은 이렇게 빨간 피부가 아니에요. 검사를 더 해보셔야 하지 않나요?

옥순이 아들의 손을 잡으며 말했다. 아들은 옥순의 손을 뿌리쳤다. 아들이 수액 바늘을 뽑았다.

-됐소, 어머니. 빡빡 씻어서 그런 거요.

아들과 같이 온 에너지 팜 직원이 병원비를 계산하고 있었다.

-아침나절만 해도 멀쩡하던 애가. 도대체 무슨 일이냐?

옥순은 아들을 따라가며 물었지만 아들은 대답하지 않았다. 옥순은 아들을 놓치고 직원을 따라갔다. 직원이 업무에 관한 기밀 사항이라 알려줄 수 없다는 말만 되풀이하며 걸음을 재촉하자 옥순은 그의 멱살을 잡았다.

–빨리, 말해. 말하지 못해? 내가 내 새끼 건드리는 것들은 가만 안 둬.

병원 로비에서 옥순이 소리치자 대기실에 앉아 있던 사람들이 일제히 둘을 쳐다봤다. 원전회사 직원이 이내 고개를 숙였다.

–오늘 사고는 진심으로 사죄드립니다. 적절한 보상이 이루어질 것입니다.

목소리 톤도 행동도 공손해서 소리 지른 옥순이 무례해 보였다. 주변 사람들이 옥순을 보며 수군거렸다. 저 여자가 7년째 데모하는 그이야?

소란통에 다가온 의사가 말했다.

–아드님보다 어머니 상태가 힘들어 보이네요. 팔에 그거 멍인가요?

옥순이 소매를 내리며 중얼거렸다.

–아침에 넘어져서 그래요.

아들이 다가와 옥순의 손을 잡더니 병원 밖으로 끌고 나갔다. 옥순은 버티려고 했지만, 아들의 기운이 세서 그 기세에 끌려나갔다. 아들은 택시를 잡아서 옥순을 태웠다. 옥순은 수십 가지의 질문을 퍼부었다. 아들의 얼굴도 손도 붉었다.

　-어머니, 저 내일이면 계약 끝납니다. 어머니가 시위해서 얻어 낼 수 있는 게 나랑 해상이 살게 하는 거 아니오?

　옥순은 답을 하지 않고 숨을 쌕쌕 내쉬었다. 내 차를 가져올게요. 아들은 집 앞에 옥순을 내려놓고 택시를 타고 사라졌다. 옥순의 집은 바닷가의 낡은 주택이었다. 겨울에는 뼈가 시리게 냉했고 여름에는 에어컨을 돌려도 열기가 가시지 않았다. 현관문을 열고 들어가자 해상이 몸을 동그랗게 말고 잠들어 있었다. 기분이 나쁘거나 엄마가 보고 싶으면 게임을 더 많이 하는 아이였다. 오늘은 게임도 아이의 기분을 달래지 못했는지 바닥에 휴대폰을 팽개쳐 놓고 잠들어 있었다. 옥순이 해상의 휴대폰을 열자 옥순의 이름이 검색 단어에 입력돼 있었다. 원전 반대 시위. 원전마을이주대책위. 그간 옥순이 인터뷰하거나 유튜브 방송에 출연하거나, 뉴스에 나갔던 자료였다. 검은 마스크를 쓴 짧은 파마머리의 옥순은 사진 속에서도 화면 속에서도 주먹을 불끈 쥐고 외치고 있었다. 옥순은 손자 해상의 머리를 쓰다듬었다. 고작해야 팔뚝만 한 살덩어리였던 아기가 자라나 만 일곱 살이 되는 동안, 옥순은 바닷가의 땡볕과 겨울의 찬바람을 맞으며 버텼다. 손자가 자라는 동안 옥순은 늙었고, 그사이에도 아이의 몸에 쌓이고 있을 방사능이 두려웠다. 옥순은 손자를 안고 바닥에 누워 머리를 쓰다듬으며 속삭였다.

－해상아, 할매가 오늘 미안했다. 할매는 너를 지키려고 그 일을 하는 거야…… 아니다. 내가 너한테 진짜 해줄 수 있는 게 뭘까. 진짜 내가 보여줄 수 있는 게 있을까.

옥순은 다음 말이 떠오르지 않고 에너지 팜의 사택이 눈앞에 떠올랐다. 옥순은 곤하게 자고 있는 손자를 안아서 방 안에 눕혔다. 옥순은 농성 천막에 가고 싶었다. 이웃의 막말에 상처를 받았을 때도 농성 천막에 갔었다. 농성 천막은 거대한 원전에 비해 작고 초라했지만, 원전에서 내보내는 독약인 삼중수소를 막아주는 것 같았다. 삼중수소보다 야멸찬 마을 사람들의 야유 속에서도 농성 천막을 떠올리면 숨이 쉬어졌다. 옥순은 까무룩 잠이 들었다. 그때 해상의 목소리가 들렸다.

－할머니, 오늘 내가 잘못했어. 선생님이 할머니는 진짜 멋진 일을 하고 있다고 그랬어.

잠꼬대처럼 해상이 말했다.

－그거면 됐다. 이 할매는.

옥순은 해상을 토닥였다. 해상이 옥순의 마른 가슴을 조물조물 만지다가 잠이 들었다. 옥순은 마음을 다잡으려고 농성 천막으로 향했다.

원전의 흰 지붕과 대비되는 농성 천막의 푸른빛을 보자 옥순은 안도의 한숨이 났다. 낮에 먹다 남은 옥수수가 남아 있었으면. 허기가 진 옥순은 배를 쓰다듬었다. 농성 천막 가까이 다가간 옥순은 연기통에서 솟는 연기와 안에 켜진 불빛을 보았다. 옥수수를 구워주던 부위원장의 얼굴이 스쳤다. 옥순은 반가운 마음에 문을 열었다.

불을 켜고 있는 사람은 아들이었다. 옥순의 배속을 조여오던 허기가 가셨다. 아들은 난로에 손을 쬐고 앉아 있다가 옥순을 보고는 멋쩍게 웃었다. 난로에 올린 냄비에서 뭔가가 끓고 있었다. 아들의 옆으로 다가가자 케이크 상자가 보였다. 아들이 냄비 뚜껑을 열어 라면을 휘저었다.

—어머니 여기 계실 것 같아서 왔는데, 안 계시길래 기다렸소. 케이크 됐다가 여기 어른들이랑 드시오.

아들은 상자에서 케이크를 꺼냈다.

—오늘 몸도 축났을 텐데. 너 먹어라. 네가 준 돈으로 고기 한 근 끊어 놓으려고 했는데, 잊어버렸다. 고기는 내일 해주마.

옥순이 안쓰럽게 아들을 바라보며 말했다. 아들은 옥순의 말을 듣고 잠시 고개를 숙이고 있었다. 옥순이 아들의 등을 다독였다. 아들의 목 언저리가 아직도 붉었는데, 고개를 드는 아들의 눈두덩은 더 붉고 푹 내려앉아 있었다. 아들이 그날 일어난 일에 대해 말하기 시작했다.

에폭시 수조는 물이 가득 차 있었다. 물이 빠지는 만큼 삼중수소가 새고 있었다. 자료가 유출되지 않았을 때는 수조가 새더라도 모른 척했다. 자료가 유출되고 언론과 반대 집회자들이 떠들자 유지보수팀을 꾸렸다. 그때 아들이 지원을 했다. 아들은 매일 방호복을 입고 수조에 들어가서 새는 부위를 막았다. 물고기가 살지 않는 수조에서 마치 물고기처럼 돌아다니며 일했다. 오늘은 수조에서 나오다가 발이 미끄러졌고 머리가 수조에 잠기면서 잠시 정신을 잃었다. 아들의 정신이 돌아오지 않은 상태에서 그들은 아들의 몸을 여러 번 세척했다. 방사능 수치가 기준치로 떨어졌는지 체크하고 세척을 계속했다. 온몸이 붉어질 때까지 아들의 정신이 돌아오지 않자 그제야 구급차를 불렀다. 깨어나지 못할 때 아들은 꿈을 꾸었다. 수조 안에서 헤엄치는 꿈. 물고기가 된 꿈. 물고기의 비늘과 뼈를 통과한 방사능이 세포 하나하나를 변형시키는 꿈. 꿈속에서 물고기인 자신의 몸이 조각조각 나뉘었지만, 아들은 계속 헤엄을 쳤다고. 그러자 엄마의 얼굴이 눈앞에 보이더라고.

방사능이 머리카락에서 쉽게 빠지지 않는다는 사실을 옥순은 알고 있었다. 옥순은 아들의 머리칼이 젖어 있는 것을 보았다. 옥순은 아들의 머리칼을 만졌다.

 -정규직이 되면…… 그 일을 안 해도 되는 거냐?

 옥순은 아들이 떠준 라면을 먹으면서 물었는데 라면 맛이 전혀 느껴지지 않았다. 아랫배에 다시 통증이 시작되었다. 옥순은 젓가락을 놓았다. 아들이 고개를 끄덕였다. 원전은 젊은이들과 마을 사람들에게 일자리를 제공해 마을을 먹여 살리면서 독도 같이 먹었다. 원전이 없다면 젊은이들은 이 마을을 떠날 것이다. 옥순의 아들도 손자도. 옥순은 이주대책위의 집회가 성공해서 이 마을 사람들 전체가 떠날 수 있는 날이 올 거라는 사실을 믿지 않았다. 그러나 집회자들과의 연대감이 옥순의 일주일을 견디게 하는 힘을 주었다. 간혹 버섯구름을 내뿜으며 원전이 폭발을 일으키는 상상도 했지만, 먼 나라 일처럼 영화 속의 일처럼 여겨졌다. 옥순의 몸이 멈춰도 원전이 멈추지 않을 것도 알았다. 옥순은 이 마을을 떠난다 해도 다른 지역에 정착하고 살 일을 생각하면 막막했다. 한동안 옥순은 일찍 타협하고 떠난 사람들이 부러웠다. 뭔가를 반대하는 삶을 산다는 것은 옳은 일을 한다는 자부심을 주면서도 외롭고 고단한 길이었다. 머리에 띠를 두르고 구호가 적힌 조끼를 입고 앞에 나서면, 저러다 암에 걸리지, 방사능 때문에 암에 걸리는 게 아니라, 라고 수군거리는 소리가 들렸다. 그때마다 옥순은 이를 악물고 구호를 외쳤다. 지루한 이 싸움을 끝내기 위해 누군가 죽어야 한다면 옥순 자신이 아닐까. 일요일 밤이면 잠들지 못하고 마음이 끌탕처럼 들끓다가 뜬눈으로 새벽을 맞곤 했다. 다음 날은 집회에 나가는 월요일이었기에.

옥순이 밤을 지샌 월요일이면 두통과 현기증이 밀려왔다. 기운이 없어서 자꾸 주저 앉고 싶은 몸을 이끌고, 옥순은 버텼다.

-그래도 엄마는.

아들은 괜찮다며 옥순의 마음을 다 안다고 고개를 끄덕였다. 아들이 케이크를 나무젓가락으로 떠서 옥순의 입에 넣어주려 했다. 난로의 열기에 케이크는 녹아내리고 있었다. 새하얀 케이크는 원전의 지붕처럼 보였다. 옥순은 고개를 젓다가 받아먹었다. 달콤했다. 그 순간의 아들도 케이크의 맛도.

케이크가 너무 달아서. 아들의 눈빛이 따뜻해서.

옥순은 아들을 위해 다른 방향으로 마음을 먹어야겠다고 잠시 생각했다. 옥순은 케이크를 떠서 아들의 입에 넣어주려고 젓가락을 들었다. 옥순이 케이크를 들고 아들을 보자 아들 옆에 말라죽은 화분이 보였다. 옥순이 도시의 병원에서 검사받았을 때, 그 병원을 채우고 있던 환자들처럼. 머리카락이 다 빠지고 온몸이 삭정이처럼 말라 있던 그들처럼. 옥순은 구토를 해서 손자를 막았던 것처럼 죽어가는 모습으로 모두에게 알려주고 싶었다. 그러나 오늘 아들을 보자 그 반대도 고민했다. 서류에 사인하고 타협해 사택을 얻어내고, 아들의 직장을 얻는. 보상금으로 암을 치료하는 선택. 옥순이 살아나기에는 이미 늦었을지 모르지만. 의사의 선고에 옥순의 내부에서 터지던 폭발. 그럼에도 솟아오르던 손자의 말간 얼굴.

―어머니, 팔에 멍이 심하네요. 검사 좀 받아 봅시다.

다른 생각에 빠져 있는 옥순에게 아들이 말했다. 옥순은 7년 동안 자신을 지켜준 천막을 둘러보았다.

원전에서 만들어진 방사능은 농성 천막 밖에만 있는 것이 아니었다. 농성 천막 안에도 케이크 속에도 독이 퍼져 있었다. 아들이 케이크를 받아먹으려고 입을 벌렸다. 아들의 얼굴에 손자의 얼굴이 겹쳐졌다. 달콤하게 혀를 마비시키는 그 맛과 서로의 온기에 얼굴을 붉히며 옥순은 연신 케이크를 떠먹였다. 옥순은 손자를 위해 직접 붉은 물고기가 되려고 했었다. 의사의 선고를 들었을 때 처음에는 절망했고, 며칠 후에는 받아들이기로 마음먹었다. 이왕이면 처참한 몰골로 죽어가는 모습, 뼈가 무너지고 망가져가는 모습으로 죽길 바랐다. 이 싸움을 끝내고 손자에게 다른 세상을 줄 수 있다면. 그러나 아들의 붉게 변한 몰골과 구토와 설사로 푹 꺼진 모습을 보자 견딜 수 없었다. 옥순이 아닌 아들이 붉은 물고기가 되고 있었기에. 아들의 뼈를 통과한 방사능이 손자까지 붉은 물고기로 만들 것이기에.

옥순은 지옥에서 온 물고기가 되더라도 살아남아 견디기로, 매일 더 붉은 물고기가 되어 보기로 했다.

김도일

2017년 포항소재문학상 대상을 수상하며 작품 활동을 시작했다. 자신이 세상에 쓸모없다 느낄 때 이야기를 지어낸다. 그래서 앞으로도 계속 소설을 쓸 것 같다. 재능과는 관계없다. 소설집으로 『어룡이 놀던 자리』가 있으며, 『당신의 가장 중심』, 『작은 것들』, 『쓰는 사람』을 함께 썼다.

은혜로운

"전능하사 천지를 만드신…… 으음, 하나님 아버지를 내가 민
사오며…… 으음, 그 외아들, 아 씨발 나와라 좀."

　경환은 오른손 끝으로 두 겹으로 불룩하게 접힌 아랫배를 지
그시 누르며 사도신경을 외웠다. 시계의 시침이 숫자 3을 향하
고 있었다. 자정쯤에 잠자리에 든 경환은 벌써 다섯 번째 화장
실을 들락거리는 중이었다. 금방 오줌이 나올 듯한 기분에 급하
게 변기 앞으로 뛰어가 바지를 내렸으나 요도에 찌릿한 느낌만
강하게 느껴질 뿐 오줌 줄기가 보일 기미는 도통 없었다. 결국
변기에 쪼그리고 앉아 아랫배에 압력을 가한 후에야 쪼록, 쪼록

두 차례 허약한 소리를 들을 수 있었다. 참담했다. 바닥에 깔아 둔 카펫에 소변이 튄다고 제발 좀 앉아서 소변을 보라는 아내에게 남자의 자존심 운운하며 성질을 내었었는데 이제 자발적으로 앉아서 볼일을 보게 된 것이다. 그리하여 시원한 기분으로 화장실을 나설 수 있다면 자존심쯤은 버릴 수 있을 터인데 그것도 아니었다.

'모든 벽에는 금이 있고 풀지 못하는 매듭은 자르고 다시 이으면 된다. 그러므로 답이 없는 문제는 새로운 답을 창조해라.'

경환이 삼십여 년 인생을 회사에 바쳐오는 동안 이 말은 그의 금과옥조가 되었다. 신입 사원 연수 때, 왕회장으로 불리던 그룹의 설립자가 한 말이었다. 이룰 것 다 이루고 시간 말고는 못 가진 게 없는 노인네의 들으나 마나 한, 절반은 자기 자랑이고 나머지는 기대에 모자란 요즘 것들에 대한 못마땅함을 성토하는 내용 중에 나온 얘기였다. 당시에는 아무 울림이 없는 뻔한 이야기로만 치부했었다. 다만, 본인의 의지와 상관없이 나오는 하품을 아래턱 근육으로 지그시 누르다가 단상의 왕회장과 눈이 마주쳤었는데 숯덩이 같은 눈썹 아래 박힌 형형한 안광에 모골이 송연해진 느낌은 아직 경환의 척추를 따라 선명하게 기억되고 있다.

모태 신앙인 경환은 어릴 때부터 오줌을 눌 때마다 사도신경

을 외웠다. 물줄기가 요도 밖으로 나올 때 '전능하신'으로 시작
된 기도가 '아멘'과 더불어 마지막 방울이 뚝 떨어지면 그렇게
기분이 좋을 수가 없었다. 그러나 이젠 하나님의 은혜가 방광에
까지 닿기엔 믿음이 부족한 모양이었다. 주옥같은 왕회장님의
말씀도 원래 호두 크기였어야 할 게 감귤만큼 굵어진 전립선을
통과하지 못했다. 지금 그에게는 비대해진 전립선 사이에 끼어
비명을 지르는 요도를 구원할 동네 비뇨기과 의사가 하나님이
요, 왕회장임을 경환도 알고 있었다. 두 달마다 처방받아 먹던
약이 떨어진 지 일주일이나 지났지만 이런저런 성가신 일이 생
기는 바람에 도통 시간을 낼 수 없었다.

새벽 다섯 시, 오경환 상무를 태운 승용차가 사택에서 출발했
다. 회사에서 제공하는 국내 최고급의 검은색 세단은 임원들이
모여 사는 전원주택형 사택 단지를 출발하여 사원 아파트 단지
중앙으로 뚫린 8차선 도로를 타고 회사 소유의 연구 단지와 대
학교를 지나 본사로 향했다.

도시를 가로질러 바다로 나아가는 강 위를 지나는 동안 하늘
은 서서히 어둠을 걷어내고 있었다. 아직 어둑한 시선 너머, 빼
곡하게 박힌 굴뚝이 묵직한 수증기들을 뱉어내는 중이었다. 위
로 솟아오르지 못한 수증기가 옆으로 밀려나고 밀려나 공단 특
유의 잿빛 하늘에 편입되어 사라지는 모습에 경환의 얼굴이 자

동으로 찌푸려졌다. 뜬눈으로 밤을 보낸 탓에 머리까지 무거웠
는데 창밖 풍경을 보자 관자놀이가 욱신거렸다. 다리를 지나면
서 심해지는 플라스틱과 비닐 타는 듯한 냄새가 서늘한 새벽 공
기에 섞여 차 안으로 들어왔다. 룸미러로 경환의 눈치를 살피던
기사가 외부 공기 차단 버튼을 눌렀다. 갑자기 아랫배가 찌릿하
면서 신호가 왔다. 기분으로는 당장이라도 바지를 적실 것만 같
았다. 경환은 오른팔로 뒷문 손잡이를 지탱하여 엉덩이를 살짝
들고 허벅지를 비볐다. 정수리 근처까지 올라간 이마에 땀이 맺
혔고 룸미러로 경환을 힐끗 본 기사는 고개를 갸웃거렸다.

　기획조정실장을 겸하는 상무는 직급상 회장, 부회장, 전무급
인 제철소장 다음이었다. 그러나 바쁜 회장을 대신하여 그리 중
요하지 않은 행사에 참석하여 격려사나 대독하는 부회장과 두
곳의 제철소에 각각 한 명씩 있는 소장들보다 그룹의 현재를 분
석하여 미래의 방향을 결정하는 경환의 자리가 더 핵심이고 알
짜배기였다. 작년 주주 총회에서 추대되었던 현재 회장의 임기
가 끝나는 이 년 뒤, 차기 회장에 경환의 이름이 언급된다는 사
실을 본인도 알고 있었다. 간혹 눈치 없는 인사가 경환의 면전
에 대놓고 그런 얘기를 하는 경우가 있었는데 정색을 하며 본인
은 지금 업무만으로도 벅차며 그런 욕심은 가져본 적도 없다고

이야기했지만 내심 흐뭇함에 가슴이 뻐근해지곤 했다.

신입 사원 연수를 마치고 운 좋게 본사 기획실에 발령받은 경환은 왕회장이 일선에서 물러날 때까지 근처에서 그를 관찰할 수 있었다. 경환의 눈에 비친 왕회장은 그야말로 '미스터 솔루션'이었다. 비로소 연수 때 왕회장이 했던 말을 실감할 수 있었는데 왕회장은 그룹 안팎에서 일어나는 돌발 상황을 즐기는 듯도 했다. 측근이라고 할 수 있는 임원들의 성향도 대개 왕회장과 비슷했다.

그룹의 문화는 군대의 연장선이었다. 그저 군대 문화를 흉내 내는 것이 아니라 실제 왕회장 본인부터 군 장성 출신이었고 부장급 이상은 거의 장교 출신들이었다. 회사의 근무복 또한 회장부터 말단 사원까지 똑같았는데 군복 대신 황토색 작업복, 전투화 대신 자주색 안전화, 철모 대신 노란색 안전모로 바뀐 것이 다른 점이었다. 이런 조직 문화에서 '불가능하다' '안 된다' '못한다'와 같은 말은 안전모 위로 공구가 날아오게 하거나 정강이에 발길질을 부를 뿐이었다.

사실 바다를 낀 이십 리 모래밭에 제철 공장을 짓는다는 계획 자체가 말이 안 되는 것이었다. 보이는 것은 갈대와 소나무 숲이 전부인 황무지 위에 동양 최대의 제철 공장을 지을 때 왕회장은 만약 실패하면 본인을 비롯한 모두가 왼편에 있는 바다로 몸을 던져 죽을 각오로 일을 했다는, 일명 '좌향좌 정신'은 아직도 회사를 꿰뚫는 정서였다.

왕회장의 심기 경호를 하는 것이 주요 업무 중 하나인 기획실의 공기는 한 사람의 기분에 따라 하루에도 몇 번씩 바뀌게 마련이었다. 입사 초기, 잠시도 긴장을 풀 수 없는 상황이 답답해 이직을 생각하기도 했다. 그러나 회사의 핵심이라는 자부심과 보람이 더 컸으므로 자연스레 그러한 분위기와 문화에 물들어갔고 승진도 동기들보다 한 걸음 빠르게 차근차근 위로 올라갔다. 경환이 상무의 자리에 오르는 동안 회사도 많은 변화가 있었다. 규모가 다섯 배 넘게 커진 것은 물론, 이름 또한 세계로 뻗어나가려는 회사의 염원을 담아 원래 동해제철에서 좀 '글로벌'한 이스코EASCO로 바꾸었다. 제품의 종류도 다양해졌다. 초창기 철광석에서 무쇠만 뽑아내는 것을 넘어서서 훨씬 고부가가치인 전기와 화학을 이용한 최첨단 특수강을 연구개발하기에 이르렀다. 이를 위해 전기를 연구하는 이스일렉과 화학 담당 업체 이스케미라는 이름으로 계열사가 생겼고 그 외에도 네트워크, 발전, 청소, 자재 공급, 복지 등의 계열사를 거느리고 많은 하청업체와 계약을 통해 지역 경제를 주무르는 골리앗이 되었다.

왕회장이 폐암으로 죽었을 때 경환은 진심으로 슬퍼했다. 왕회장의 죽음은 곧 회사의 와해로 이어질 것만 같았다. 왕회장처럼 이 거대한 조직을 일사불란하게 이끌어갈 지도자는 다시 나타나지 않을 거란 생각이 들었다. 어느새 애사심으로 갑옷을 두른 경환은 왕회장의 유지를 잘 받들어 그의 왕국이 흔들리지 않고 국내를 넘어 세계로 뻗어나갈 수 있게 모든 것을 바치리라 결심을 했다.

상무의 사무실은 본사 12층 건물의 10층에 자리하고 있었다. 경환은 사무실 남쪽 통유리창을 통해 하늘을 향해 높이 솟은 굴뚝, 그리고 그것과 경쟁하듯 올라가는 빌딩들을 감상하는 것을 좋아했다. 회사 덕분에 꽁치나 잡고 오징어나 말리던 바닷가 깡촌이 한강 이남 최대 인구의 도시가 되고 회사의 자양분을 받아 풍족하고 윤택하게 유지되고 있다고 생각했다. 이 도시에 사는 누구든 회사 덕을 보지 않는 이가 없다고 믿었다. 이 도시에 사는 사람이라면, 이 지역 출신이라면 회사가 베푼 은혜에 감사하고 살아가는 것이 당연할 일이었다. 그런데 아침에 본 방송은 이런 경환의 견고한 생각과 믿음에 균열을 일으키는 것이었다.

며칠 전부터 지역 방송사에서 취재를 한답시고 퇴직한 직원들과 제철소 인근 마을을 헤집고 다닌다는 정보는 이미 보고받아 알고 있었다. 처음에는 세상이 언론에 요구하는, 사회 고발과 기득권 견제를 보여주기 위한 체면치레용 프로그램을 만들겠거니 했다. 지역의 언론들도 시민들에게 '우리가 여러분의 편에 서서 이렇게 정의로운 일도 합니다' 라고 보여줄 필요가 있었기에 주기적으로 한 번씩 비슷한 프로그램과 기사를 내보내는 것을 경환도 알고 있었다. 그럴 때면 회사도 적당히 아파하면서 반성하는 척하면 그만이었다. 그러면서 신문과 방송에 광고를 싣는 비용을 평소보다 후하게 전해주면 황송해하며 반대급부의 기사를 내주는 것이 정석이었다. 신문과 방송도 결국은 돈이 있어야 하고 회사의 눈 밖에 나면 이 도시에서 언론사를 꾸려갈 수 없다는 것을 누구보다 잘 알고 있는 그들이었다.

이런 사정으로 인해 경환은 어제 방송되었다는 그 프로그램에 대해 별로 신경 쓰지 않았음은 물론 보지도 않았다. 지역 언론사를 상대하는 것쯤은 부장이나 차장 선에서 알아서 할 문제였다. 대신 지역구의 국회의원이 갑자기 연락이 와서 시장 등과 저녁 식사를 겸한 술자리를 하고 늦은 시간에 귀가했다. 물론 음식값은 경환의 지갑에서 나온 법인카드로 지불되었다. 자리를 같이한 사람들도 경환이 계산하는 것을 당연한 것으로 생각했다. 물론 경환 개인의 주머니에서 나가는 돈은 아니지만, 구실만 있으면 자신을 불러 고급 요리와 비싼 술값을 치르게 하는 이들을 경환은 속으로 혐오했다. 자기네들이 누구 덕분에 이렇게 거들먹거리는 줄도 모르는 것들이었다.

어젯밤, 안 그래도 오줌 때문에 죽을 맛인 데다가 도수가 높은 술을 연거푸 들이켜는 바람에 속까지 편치 않았다. 뒤가 마려운 똥개처럼 침대 주위를 서성이고 있는데 휴대폰이 울렸다. 발신자는 부회장이었다. 경환은 액정 화면에 뜬 부회장의 이름을 보자 의아함과 짜증이 동시에 일어났다. 한때는 국회의원 배지를 달고 여의도를 누볐지만 지금은 정계에서 밀려나 이름만 있는 노인네. 하는 일이라곤 바쁜 회장을 대신하여 얼굴마담이나 하기에 회사 경영에 대해서는 손톱만큼도 모르는 치가 이 늦은 시간 무엇 때문에 전화를 했을까? 특별한 일이 없으면 회장과 부회장은 강남에 있는 서울 사무소에서 업무를 본다. 명칭은 서울 사무소이지만 실제는 여기 본사 건물보다 크고 화려한 곳이다.

"오 상무, 오늘 방송 봤소? 제목이 뭐라더라, 그 쇳물 마음대로 쓰지 말아라?"

언뜻 무슨 말을 하는 건지 이해가 되지 않아 대답을 미루고 뒤의 말을 기다렸다.

"잘 모르나 보오. 제철소에서 일했던 공장 직원들의 발병과 주변 동네의 대기오염에 관한 방송이었소. 방송국 것들이 들쑤시고 다닌다고 얘기를 들었을 텐데 대수롭지 않게 생각했구려. 나도 좀 전에 비서실에서 보내준 걸로 시청했어요. 이거 후폭풍이 꽤 크겠던걸. 방금 회장님과 통화를 했는데 많이 노여워하시더

구먼. 내 미리 알려드리는 것이니 빠른 대책이 필요할 거요."

결국 제대로 대답하지도 못하고 네, 네, 알겠습니다만 반복하다가 통화가 끝났다. 갑자기 방광에서 절박한 신호가 왔다. 미처 변기에 앉을 생각도 못 하고 바지를 내렸다. 다행히 서서도 오줌이 나왔다. 아랫배에 찝찝한 기분이 남아 있었지만 다 나왔다고 생각해 바지를 추켜올리는데 요도에 고여 있던 게 흘러나와 그만 속옷과 바지를 적셨다. 능구렁이 같은 노인네. 위하는 척하면서 이야기를 했지만 속을 들여다보면 그것도 모르고 있냐는 질타와 본인이 회장의 측근이라는 과시, 너는 내 손바닥 안에 있다는 압력이 짧은 통화 내용에 다 들어 있는 것이다. 경환은 버린 옷을 벗고 아랫도리에 아무것도 걸치지 않은 채 부회장이 정치판에서 산전수전을 겪은, 결코 쉽게 봐선 안 될 인물임을 생각했다.

평소에는 회사 식당에서 간단하게 아침을 먹고 사무실로 향하는 경환이었지만 지금은 그럴 기분과 몸 상태가 아니었다. 경환은 차 안에서 위태롭게 몇 올 붙어 있는 머리카락을 피해 조심스럽게 땀을 닦으며 비서실에 전화를 넣었다. 출근하자마자 문제의 방송을 볼 수 있도록 지시하기 위해서였다. 전화를 받은 직원이 인터넷으로 방송을 다시 볼 수 있으려면 최소 하루는 지나야 한다고 대답했다.

"야잇 쌍놈의 새끼야. 그런 대가리와 정신을 가지고 어떻게 여기를 들어온 거야. 이스코가 촌구석에서 방송된 프로그램 하나 못 구한다는 게 네놈은 말이 된다고 생각하나? 천하의 머저리 같은 놈, 너 이름이 뭐야? 너 이 새끼 지금 당장 짐 싸서 원료 공장으로 내려가. 가서 쇳가루 좀 먹어봐야 정신을 차리지. 빨리 실장 바꿔 새끼야!"

사무실에 와서도 또다시 실패를 본 경환은 엉덩이를 의자에 제대로 붙이지 못한 채 플레이 버튼을 눌렀다. 방송은 치밀한 기획과 충실한 취재의 흔적이 역력했다. 프로그램 자체만 놓고 보자면 탄탄한 구성에 내용도 알찼다. 시청자의 감성을 건드리는 음악이 프로그램 전반에 흐르는, 지역 방송국에서 만들었다고는 믿기지 않을 만큼 수작이었다. 프로그램이 훌륭한 만큼 그것을 보고 있는 경환의 주먹에는 힘이 들어갔고 이마의 핏줄이 꿈틀거렸다. 시작은 쇳소리를 내며 기침을 멈추지 않는 깡마른 남자를 비추면서였다. 삼십 년 동안 동해제철 노동자로 일했다는 남자는 용광로에서 나온 철을 롤러로 납작하고 얇게 만드는 공정에서 발생하는 유독 물질로 인해 폐암에 걸렸다고 주장했다. 앞의 남자와 비슷한 사례가 두어 명 더 소개되었고 어느 대학교의 연구원이라는 이가 제철 공정을 소개하고 그 과정에서 작업자가 유독 물질에 노출되는 구조를 시청자가 이해하기 쉽게 그래픽을 이용해 설명하고 있었다.

방송은 500미터 너비의 강을 가운데 두고 공장과 마주한 마을의 주민들에 대한 이야기로 이어졌다. 공장 반경 5킬로미터 안에 사는 주민들의 암 발생 비율이 전국에서 제일 높다는 사실을 고통을 호소하는 주민들의 인터뷰와 함께 소개했고, 민간 환경 연구소장이라는 이가 그 원인이 공장에서 배출하는 유독가스에 있음을 각종 증거를 들어 주장했다.

화면을 노려보던 경환의 눈에 환경 연구소장이라는 이가 들어왔다. 분명 아는 얼굴인데 누군지 생각나지 않아 눈썹 사이 주름이 더 깊어졌다. 화면 속 사내가 자신도 과거 동해제철에서 근무했고 부당한 업무 지시를 거부하다 해고되었음을 이야기하자 그의 정체가 퍼뜩 떠올랐다. 그러고 보니 경환이 아는 얼굴이 확실했다. 예전에 비해 머리숱이 성겨지고 하얘졌지만 피부색깔이 구릿빛으로 변했고 어깨가 약간 굽어졌지만 아래로 살짝 쳐진 눈매와 콧방울 바로 위에 쓴 안경, 경상도 억양이 살짝 섞인 말투는 경환의 기억 그대로였다.

그는 경환과 같은 해에 입사했었다. 우리나라 최고의 대학을 졸업하고 외국에서 석사 학위를 받은 후 동해제철 산하의 연구소에 스카우트 된 인재였다. 경환과는 전공도 다르고 업무의 성격도 달라 신입 사원 연수원에서 얼굴만 익힌 정도였던 그가 경환의 기억 한편에 선명하게 각인된 것은 그가 회사에서 해고되었던 사건 때문이었다. 한참을 잊고 있었던 그가 기억의 수면 위로 오르자 지금 벌어지고 있는 이 상황도 처음이 아니었다는 기억까지 물속에 던져진 주낙처럼 연달아 떠올랐다.

이십 년 전, 진보 성향이 짙은 환경단체가 대학 연구소에 의뢰하여 공장 주변의 공기, 물, 흙을 조사했다. 그 결과 검출된 중금속과 화학물질의 수치들이 환경부에서 정한 기준보다 수십 배에서 수백 배가 넘는 바람에 중앙 일간지 1면 헤드라인으로 기사가 실리고 9시 뉴스의 첫 번째 소식으로 다뤄졌다. 이로 인해 여론이 심상치 않아지자 정부는 연일 현장 실사를 나오거나 담당 직원을 소환하는 등 난리를 피웠고, 선거를 코앞에 둔 시기라 여야 할 것 없이 이 문제를 가지고 떠드는 바람에 결국 왕회장까지 청문회에 불려 나가야만 했다. 팔십이 넘은 왕회장은 끌려오다시피 한 자리에서 허리를 굽힐 수밖에 없었고 눈을 감은 채 옅은 신음으로 모욕을 견뎌야 했다. 그리고 회사에 돌아와서는 사무실 집기들을 새로 바꾸어야 할 만큼 대로했다.

"내가 배지 달아 여의도로 보내주고 대학 때부터 돈 집어줘서 검사고 사무관이고 만들어 놓으면 뭐 하냐 말이야. 필요할 때 하나도 도움 안 되는 돈 버리지들. 은혜를 모르는 배은망덕한 것들. 당장 그놈들한테 들어가는 후원금 다 끊어. 그리고 신문이고 방송이고 기사 올린 데 추려서 광고 다 빼버려. 그리고 연구소 것들 실험실에 처박혀서 밥만 축내지 말고 반박할 수 있는 대책을 당장 내놓으라고 해!"

왕회장이 난리를 친 후 얼마 되지 않아 신문과 방송에서는 언제 그랬냐는 듯 관련 내용이 자취를 감추었다. 그리고 서울 모 식당에서 국회의원 수십 명이 왕회장을 모시고는 노여움을 풀 때까지 머리를 조아렸다는 얘기를 수행 비서로부터 들을 수 있었다. 파장은 그렇게 잠잠해지는가 싶었지만, 예상치 못한 후폭풍이 기다리고 있었다.

얼마 후, 천주교 사제 단체에서 긴급 기자회견을 연다는 소식이 각 언론사에 전달되었다. 구체적인 내용은 알려주지 않은 채 대기업의 민낯을 고발하는 양심선언이라고만 했기에 기자들은 웅성대며 회견 장소로 모여들었다. 회견장에는 청년티를 막 벗은 듯한 삼십 대 남자가 앉아 있었다. 덥수룩한 머리와 아래로 살짝 처진 눈에 두꺼운 안경을 코끝에 걸쳐 쓴 사내였다. 잠을 제대로 못 잤는지 푸석한 얼굴에 눈 아래 그늘이 짙어 보였다. 본인을 동해제철 산하에 있는 연구소에서 근무한다고 밝힌 그는 회사로부터 동해제철 관련 기사에 쓰인 자료에 커다란 오류가 있는 것으로 조작하라는 지시를 받았으며, 조작된 데이터를 발표하면 언론사에서 알아서 해주기로 했다고 들은 사실을 폭로했다. 목소리는 마이크를 들고 있었는데도 신경을 써서 귀를 기울여야만 들릴 정도로 작았지만, 연구소에서 진행되던 조작 자료의 사본과 내용에 관련된 대화의 녹취 자료까지 치밀하게 준비하여 주장의 신뢰를 받쳐주는 증거로 삼았다. 회사에 우호적인 언론사 기자들의 부정적인 질문에도 굴하지 않고 반박 자료를 제시하면서 질문자가 더 입을 못 떼도록 했다. 기자 중 하나가 그냥 회사가 지시한 대로 했다면 안정적이고 풍요로운 미래가 기다리고 있을 텐데 굳이 고단한 삶을 각오하고 어려운 길을 택하는 이유가 무엇인지 물었다. 사내는 눈을 감은 후 고개를 숙이고 한참 동안 가만히 있었다. 사람들의 웅성거리는 소리가 조금씩 커질 때쯤 그는 고개를 들고 말을 시작했다. 떨리는 목소리였지만 결연함이 묻어났고 눈가에는 물기가 맺힌 듯 보였다.

"제 고향은 지금 동해제철이 있던 곳이었습니다. 그곳에 제철 공장이 들어서기로 결정된 후 우리 가족을 비롯한 마을 사람들은 수백 년 전부터 조상 대대로 논밭을 일구고 고기를 잡던 터전을 버리고 실향민이 되어야 했습니다. 물론 국가가 강제로 이주를 시키니 어쩔 수 없었지요. 그러나 우리나라에도 철을 만들 수 있는 공장이 생기면, 보릿고개 때 한 집 건너 한 집이 굶던 가난한 나라가 미국은 못 되더라도 대만이나 홍콩, 일본처럼 잘

살 수 있다는 말을 믿었습니다. 그래서 우리 부모님들은 고향을 등지면서도 완전한 절망의 구렁텅이로 빠지지 않을 수 있었습니다. 일부는 고향에서 아주 먼 곳으로 떠나 돌아오지 않았지만, 마을 사람들 대부분은 강 건너 이웃 마을에 자리를 잡고 한때 집이 있었던, 길이 있었던, 당산나무가 있었던 자리에 올라가는 공장과 굴뚝을 지켜보았습니다. 드디어 용광로가 시뻘건 쇳물을 쏟아 내면서 철을 만드는 데 성공했을 때 마을 사람들도 자기 일인 것처럼 기뻐했습니다. 이후 동해제철은 마을 사람들의 자랑이었습니다. 실향민이 된 사람들뿐 아니라 동해제철을 품고 있는 도시 사람들의 생각은 모두 같았습니다. 그래서 동해제철이 하는 일이라면, 동해제철을 위한 일이라면 한뜻으로 지지하고 응원했지요. 자석을 대면 철썩 달라붙는 시커먼 먼지가 매일 쌓여도, 매캐한 냄새 때문에 한여름에 창문을 못 열어도, 강물에 물고기들이 허연 배를 까뒤집고 떠올라도 매년 성장하는 공장과 커지는 도시를 보며 감내할 수 있었습니다.

그러나 회사는 마을 사람들의 희생을 알려고 하지 않습니다. 시민들의 은혜를 인정하지 않고 있습니다. 지금도 공장 인근 여러 마을에는 숨 쉴 때마다 쇳소리가 나는 노인들, 이유를 모르는 가려움에 피가 나도록 피부를 긁어대는 아이들, 몸속 곳곳에 암 덩어리를 키우고 있는 사람들로 넘쳐납니다. 공장에서 나오는 물질과 인과관계가 있을 가능성이 충분함에도 회사는 조작과 은폐로 상황을 벗어나려 합니다. 은혜를 모르면 사람이 아니듯이 기업도 은혜를 알아야 한다고 생각합니다. 사람을 귀하게 여겨야 한다고 생각합니다. 저는 동해제철의 일원임을 자랑으로 여겼습니다. 우리 도시에 동해제철이 있다는 사실을 시민들은 아직 자랑스러워합니다. 그 자부심을 배신해서는 안 되기에, 그 은혜를 저버린 대가로 얻는 밝은 미래는 독약과 같다고 생각하기에 용기를 내어 이 자리에 섰습니다."

그러나 잠시 시끄러웠던 후폭풍은 시간이 지나면서 찻잔 속의 태풍으로 가라앉고 말았다. 회사에서는 그 연구원을 기밀 유출과 허위 사실 유포로 고소했고 그는 오랜 기간 검찰에 불려 다니며 시달려야 했다. 해고와 실형으로 내부고발자를 응징하는 것으로 사건을 마무리하면서 왕회장은 이번 일을 일벌백계로 삼아 조직의 은혜를 모르고 배은망덕한 짓을 하는 사례가 다시 나와서는 안 된다는 훈시를 전 직원이 읽도록 했다. 그 후 회사는 북한의 위협으로부터 국가의 중추적인 산업시설을 보호한다는 명분을 세워 외부인의 공장 출입을 더욱 엄격히 통제하는 한편, 외국의 산업스파이가 핵심기술을 빼갈 수 있다는 이유를 들어 공장 주위의 어떠한 조사도 허용하지 않았다. 그리고 이러한 조치의 근거가 되는 법안들이 국회에서 신속하게 처리되었다.

생각이 잠시 과거에 가 있던 경환은 다시 정신을 차렸다. 일을 신속하게 수습하려면 한가하게 옛 생각이나 하고 있을 시간이 없었다. 회장과 주주들이 경환의 능력에 의구심을 품기 전에 이 일을 마무리 짓기 위해서는 여러 방법을 동시에 동원하여 마치 아무 일이 없었던 것처럼 처리하는 과정이 필요했다. 그러기 위해서는 왕회장님의 가르침처럼 금 간 곳을 찾아 틈을 벌려야 하고 꼬인 매듭 중 풀 곳과 자를 곳을 신속하게 구별해야 할 것이다.

해결 방법을 모색하는 데는 그리 많은 시간이 필요하지 않았다. 아마 방송에서 봤던 옛 동료가 경환의 머릿속에 잠자고 있던 학습된 기억을 깨워주었기 때문일 것이다. 경환은 오전에 부장 이상급 임원과 노조위원장이 참석하는 확대간부회의를 긴급으로 소집했다. 부장급들까지 소집할 만큼 호들갑을 떨 일은 아니었다. 하지만 경환은 이번 일을 느슨해진 회사의 기강을 틀어잡을 기회로 생각했다. 또 예전처럼 말을 잘 듣지 않고 슬슬 제 목소리를 내기 시작하는 노조에 대해서도 주인이 누구인지 따끔하게 상기시켜 줄 필요가 있었다.

만약 왕회장이 아직 살아 있었다면 회사에 노조가 생기고 더구나 회의까지 참석하는 꼴을 그냥 두지 않았을지도 몰랐다. 왕회장은 노조를 가리켜 머슴 놈을 먹여주고 거둬주었더니 은혜를 모르는 것들이 주인 상투를 잡고 곳간 열쇠를 내놓으라 하는 꼴이라고 표현했다. 기업마다 노조 결성 붐이 일어났을 때 어느 회사보다 혹독하고 집요하게 탄압하고 응징한 결과 전국에서 유일하게 노사분규가 일어나지 않았고 이에 왕회장은 노사 화합을 이루었다는 공로로 훈장을 받았다. 그러나 지금은 기업의 이미지 때문에 왕회장처럼 밀어붙여서는 안 되었다. 대신 회사는 사측과 반목하는 노조가 들어서기 전에 회사에 우호적인 후보가 노조위원장으로 당선되게끔 작업했다. 그리하여 지금은 오히려 노조가 없을 때보다 근로자들을 관리하기가 더 수월해졌다.

경환은 메모지를 꺼내려 책상 서랍을 열었다. 회의 때 지시할 내용들을 하나하나 적으며 정리할 요량이었다. 평소 입구에 있었던 메모지가 안쪽 깊숙이 들어가 있었다. 서랍을 끝까지 당겨 종이를 꺼내고 다시 닫으려는 경환의 눈에 무언가가 들어왔다. 곱게 포장된 작고 하얀 천사들. 열 개 단위로 포장된 것 중 한 개만 비어 있고 아홉 개나 남아 있는 알약이었다. 작년, 전국의 운송 노조가 파업하여 회사도 비상근무 체제에 돌입한 적이 있었다. 그때 집에 들어가지 못할 것을 대비하여 먹고 있는 약을 가져다 두었는데 하루 만에 극적 타결이 이루어져 잊고 있었던 것이었다.

'오, 하나님! 감사합니다.'

경환은 얼른 하나를 꺼내 입어 넣었다. 약은 물도 마시기 전에

식도를 타고 배 속으로 내려갔다. 효과가 나타나기에는 시간이 좀 걸렸지만 찌릿함이 계속되었던 방광은 약은 삼킨 것만으로도 진정되었다. 아랫배가 진정되자 머릿속에서 중구난방으로 떠오르던 방안들이 일렬종대로 줄을 서기 시작했다. 경환은 차례대로 적어나가기만 하면 되었다.

먼저 방송을 기획하고 제작한 PD에 대한 조치가 필요했다. 방송국을 타깃으로 하여 바로 치고 들어가는 게 가장 확실한 방법이겠으나 그렇게 하면 거대 기업이 자본을 무기로 하여 방송을 탄압한다며 온갖 단체들이 들고 일어날 것이고 여론이 회사에서 돌아설 것이다. 우선 PD만 허위와 과장으로 회사의 명예를 실추시켰다는 이유로 고소할 것이다. 또 털어서 먼지가 안 나는 경우 없듯이, 먼지가 안 난다면 묻혀서라도 그의 뒤를 낱낱이 캐 언론에 흘려야 한다. 또한 방송이 나가도록 방치한 방송국을 그대로 둬서는 안 된다. 서울에 있는 중앙 방송사에 압력을 줘서 지방 방송국을 괴롭히는 여러 방법 중 하나를 택하면 된다. 그리고 방송국이 도시에서 추진하는 각종 캠페인과 행사에 후원을 축소하거나 아예 끊는 정도면 잘못을 뉘우칠 것이라고 경환은 생각했다. 방송에 신뢰를 위해 섭외되었던 환경 연구소의 소장은 또 한 번 곤욕을 치를 것이다. 이럴 경우를 위해 회사 소유

대학을 비롯한 여러 대학에 매년 막대한 돈을 들였다. 그 결과 지금은 여기에서 배출된 인재들이 여러 연구소와 정부 기관 곳곳에 자리를 잡고 있다. 한때 경환의 동료였던 소장을 양치기 소년으로 만드는 것은 이들을 이용하면 쉽게 해결이 될 것이다.

프로그램으로 인해 부정적으로 변한 여론을 되돌릴 방법도 필요했다. 경환은 여기에서 더 나아가 이번 기회에 이슈가 있을 때마다 갈피를 못 잡고 흔들리는 지역 여론을 굳건하게 만들어야 하고 이스코가 떠나면 이 도시가 어떻게 되는지 맛보기를 통하여 공포심을 느끼게 하는 것이 효과적인 방법이라고 생각했다. 변두리의 낙후된 동네와 자매결연을 맺어 정기적으로 해오던 집 고쳐주기와 농수산물 팔아주기 같은 봉사활동을 중단하고, 외지에서 온 직원들의 주소지를 이곳으로 옮기게 하는 캠페인도 폐지하여 지방재정에 타격을 주는 일은 노조가 맡아서 하면 될 터이다. 방송국을 성토하는 결의문을 채택하고, 지역 단체들 이름으로 회사를 옹호하는 현수막으로 도시를 도배하는 것, 궐기대회 개최와 같은 것은 지방의원들이 포함된 협력 업체 사장단이 해줄 일이었다. 경환은 이번 일의 기여와 참여 정도를 내년에 있을 지방선거의 후원 규모와 협력 업체 재계약 선정 기준으로 삼아야겠다고 생각했다.

정리가 끝날 때를 맞춰 전화가 울렸다. 일반전화와는 벨 소리가 다른, 회장실과 직통으로 연결된 전화였다. 경환은 벨이 두 번 울리고 세 번째가 시작하기 전에 수화기를 들었다. 약으로 겨우 진정시켰던 방광이 다시 고개를 들이밀었다. 예상대로 회장의 목소리에 노기가 서려 있었다. 서로 직책이 있다 보니 쌍욕은 나오지 않았지만 대화의 내용은 막말과 다르지 않았다. 일단 경환은 회장의 화가 가라앉기를 기다린 후 방금까지 정리했던 해결 방안들을 차분하게 설명하기 시작했다. 그제야 회장은 노기를 가라앉히고 차후 진행되는 상황을 자세하게 보고하라 지시한 뒤 통화를 끝냈다.

'빌어먹을 영감, 그래 봤자 이 년만 있으면 갓끈 떨어져 빌빌거릴 노인네가. 네놈이 주주들 몰래 비자금 세탁하고 있는 거 모를 줄 알고? 확 까발려 쫓아낼 수도 있는 걸 참고 있는 줄도 모르고.'

회장과의 통화 후 경환은 수단과 방법을 가리지 않고 다음 회장 자리를 노려야겠다고 새삼 결의를 다졌다.

회의는 경환의 생각대로 잘 마무리되었다. 적당히 호통도 치고 부서 간 경쟁심도 부추겨 놓았다. 이제 진행 상황만 확인하면 될 것이다. 경환은 회의가 끝나면 보통 몇몇 임원들과 티타임을 가지는데 오늘은 자리를 박차고 나왔다. 사람들은 경환이

화가 나서 그런 것이라 생각했지만 사실은 아랫배에서 긴급하게 신호가 왔기 때문이었다. 급하게 사무실로 들어와 안에 딸린 화장실 변기 앞에 섰다.

"전능하사 천지를 만드신 하나님 아버지를 내가 믿사오며…… 오오, 그 외아들 우리 주 예수 그리스도를 믿사오니…… 하아, 이는 성령으로 잉태하사 동정녀 마리아에게 나시고……."

약효가 나타나는 모양이다. 어젯밤과는 다르게 오줌 줄기가 시원하게 뻗어 나왔다.

"본디오 빌라도에게 고난을 받으사 십자가에 못 박혀 죽으시고……."

아직 절반밖에 못 외웠는데 오줌발이 끝나가는 느낌이 들었다. 경환은 말의 속도를 배로 빠르게 했다.

"장사한 지 사흘 만에 죽은 자 가운데서 다시…… 다시…… 아, 아멘."

결국 기도문을 다 읊지 못한 채 볼일은 끝이 났다. 하지만 이만큼 싼 것도 얼마 만인지 몰랐다. 오랜만에 느껴보는 시원함이었다. 물을 내리고 손을 씻고 통유리창 앞에 섰다. 하늘은 여전히 잿빛이었지만 아침과는 분위기가 달라 보였다. 본사 건물과 마주한 공장 정문에는 'CLEAN STEEL, GREEN EASCO'라는 간판이 아치형으로 설치되어 있었다. 경환은 이번 일을 수습하는 대로 휴가를 내서 서울에서 유명한 비뇨기과에 가봐야겠다고 생각했다. 매번 약을 처방해 주던 의사는 전립선 크기가 너무 커져서 하루빨리 수술을 해야 한다고 했다. 그러나 시골에서 손바닥만 한 의원을 꾸려나가는 이의 말을 믿을 수가 없었다. 아무래도 유명한 의사에게 보여보는 것이 좋을 성싶었다.

그런 다음 미국으로 출장을 갈 구실을 만들어 거기서 한 한 달 머물 것이다. 뉴욕에서 공부하고 있는 딸도 만나고 아내와 처가가 있는 애틀랜타에서 골프를 즐기며 은퇴 후에 살 집을 알아봐야겠다고 생각했다. 경환은 노년을 한국에서 보낼 생각이 추호도 없었다. 일 년 중 절반 이상을 미세먼지에 시달리고 어딜 가나 사람들로 미어터지는 한국을 떠나 일 년 내내 따뜻한 기후와 맑은 공기가 있는 미국에서 여생을 보낼 계획이었다. 경환은 젊었을 때부터 미국을 동경했고 그곳에 사는 것이 꿈이었다. 미국은 그에게 하나님이었고 힘의 상징이었으며 은혜로운 나라였다. 한국은 미국의 은혜를 잊어서는 안 되는 것이다. 그래서 경환은 요즘 정부가 미국에 반기를 드는 것을 이해할 수 없었다. 교포를 아내로 맞은 것도 그런 바람의 발현이었을 것이다. 아내가 영주권자임은 물론 두 아이도 미국에서 출산했기에 경환이 미국에서 자리를 잡는 것은 문제가 되지 않았다. 그런 생각을 하니 경환은 몸도 마음도 한결 가벼워졌다. 이번 건 같은 경우도 회사에서는 늘 생기던 일이다. 그렇게 생각하면 오늘도 평화로운 하루에 포함시킬 수 있었다. 생각지도 않았던 약을 주심에 감사하는 은혜로운 날이었다. 경환은 스스로 큰 욕심이 없는 사람이라고 여겼다. 그의 바람은 오직 세상 사람들이 은혜를 저버리지 않고 큰일이 생기지 않는, 은혜와 평화가 충만한 하루하루를 보내는 것뿐이다. 오늘 밤에는 사도신경을 다 외울 수 있을 것 같은 기분이 들어 자신도 모르게 휘파람을 불었다.

권제훈

2017년 조선일보 신춘문예에 당선되어 작품 활동을 시작했다. 2020년 한국문화예술위원회 아르코 청년예술가 지원 사업에 선정되었다. 2022년 제2회 넥서스 경장편 작가상 우수상을 수상하며 장편소설 「여기는 Q대학교 입학처입니다」를 펴냈다. 함께 쓴 작품으로 「소방관을 부탁해」, 「전두엽 브레이커」, 「전세 인생」 등이 있다.

플라스틱 베이비

아들이 태어났을 때 아버지는 묘한 기분을 느꼈다. 아내의 자궁에서 방금 나온 아이를 가만히 보고 있으니 마음이 벅차오르면서도 한편으론 이게 꿈인지 생시인지 구분이 되지 않았다. 아버지는 아들을 뚫어져라 쳐다보았다. 아무리 봐도 뭔가 이상했는데 처음엔 그 이유를 몰랐다. 아버지가 되면 다들 그런 줄 알았다. 한 달이 지났을 즈음인가. 아들이 조금씩 인간의 형상을 갖춰나가자 깨달았다. 아들의 피부가 남다르다는 것을. 아버지는 여태껏 그런 피부를 가진 사람을 본 적이 없었다. 피부색도 범상치 않았다. 아내가 설마……. 아버지는 몸을 부르르 떨며 어머니를 의심했다. 어머니는 외도한 적이 없었기에 당당했지만 사뭇 당황한 건 사실이었다. 어머니는 아들이 아직 아기라서 그런 거라고 여겼다. 좀 더 크면 피부가 정상이 될 것이라고. 그러면서도 어머니는 아들의 몸을 황급히 가렸다.

*

아버지는 아들이 커서 가업을 이어받을 것이라는 사실을 의심하지 않았다. 아버지의 선조 때부터 이어져 내려온 집안의 일이었다. 사람들은 더럽고 천박한 일을 한다며 손가락질하고 무시했지만, 아버지는 오히려 다행이라고 생각했다. 그 누구도 그런 일은 하고 싶지 않아야만 자신과 아들 그리고 후손에게 이르기까지 걱정 없이 먹고살 수 있을 터였다. 나이를 먹을수록 아버지는 자신의 업에 대한 애착이 강해졌다.

그 나라의 쓰레기는 물론 세계 각지의 쓰레기를 받아들여 폐기하는 것이 아버지의 일이었다. 그걸로 어떻게 돈을 벌 수 있냐고 걱정하는 사람도 있었다. 아버지는 대답 대신 흐뭇한 미소를 지었다. 쓰레기는 밤새 해안을 때리는 파도처럼 끝없이 밀려왔고 그 양은 점점 늘어났다. 걱정해야 할 건 일감이 아니라 기술이었다. 쓰레기를 버리는 기술.

"사람들의 눈앞에서 저 더러운 것들이 사라지게 하는 것. 마치 마법과도 같은 일이지."

돌아가신 아버지의 할아버지는 밤새 조명이 꺼지지 않는 가까운 섬을 바라보며 이렇게 얘기하곤 했다. 그 섬은 매우 유명한 휴양지였고 전 세계 사람들의 발길이 끊이지 않았다. 그 말인즉 슨 쓰레기가 쏟아져 나온다는 것이었다. 아버지의 할아버지는 섬으로 사람들이 몰려올 때마다 콧노래를 불렀다.

"저 사람들이 매일 같이 쓰고 버리는 것이 눈앞에서 사라지지 않고 계속 쌓인다고 생각해 보거라. 저들이 얼마나 괴로워할지 말이다. 우리가 재빨리 감쪽같이 치워야 저들이 또 안심하고 물건을 사고 음식을 먹을 수 있지 않겠느냐."

계속 쓸 수 있는 물건인데도 버리고 먹을 수 있는 음식인데도 버리는 것, 그게 바로 이 세계가 꾸준히 성장할 수 있는 원동력이라고 말하기도 했다. 또 그런 낭비가 가능하도록 도와주는 게 우리 집안의 일이라는 것이었다. 아버지의 할아버지는 제조업 기술 없이 농업과 어업 그리고 관광업으로 먹고사는 이 나라에 선 쓰레기를 사라지게 하는 것 또한 엄청난 기술이자 애국 산업이라고 굳게 믿었다.

묻기, 태우기, 쌓기, 버리기, 다시 쓰기.

들어오는 쓰레기는 기하급수적으로 늘어났으나 다시 쓸 수 있는 것은 극소수에 불과했다. 그 많은 쓰레기 더미에서 알짜배기들만 골라내 재활용할 시간도 부족했다. 환경을 위해 쓰레기를 친환경적으로 처리해야 한다는 목소리가 어디선가 드문드문 들려오긴 했지만 그런 데 에너지를 낭비할 여력은 없었다. 그건 선진국의 과학자가 할 일이었다. 이런 후진국에선 환경을 생각하는 것조차 사치였다. 당장 먹고사는 일보다 더 우선시할 것은 없었다.

아버지는 부지런히 쓰레기를 처리할 곳을 찾았다. 가장 수월한 곳은 먼바다와 버려진 섬이었다. 다행히 이 나라엔 무인도가 아주 많았고 아버지의 조상들이 오래전부터 차지해 온 섬이 여럿 있었다. 주인이 있던 작은 섬 몇 개는 돈으로 매수하기도 했다. 하지만 그마저도 바닥나고 있었다.

불행히도 썩지 않는 쓰레기가 부지기수였다. 가만히 두면 수백, 수천 년 동안 그대로 있는 것도 있다고 했다. 아버지는 아주 가끔 먼 훗날의 일을 상상하곤 했다. 저런 것들이 몇천 년 동안 사라지지 않고 계속 쌓이면 어떻게 될지. 우리가 발붙이고 있는 이 땅은 물론이고 바다까지 온통 쓰레기로 가득할 것이었다. 그런 생각을 하면 아찔하면서도 한편으론 그만큼 돈을 많이 벌 수 있다는 생각에 가슴이 뜨거워졌다.

아버지는 짬이 날 때마다 쓰레기를 먼바다에 가서 버렸다. 오래전 아버지의 할아버지는 쓰레기를 버리기 좋은 때와 위치를 알려주었다. 아무렇게나 버리면 해류에 밀려 다시 돌아오기 때문에 오히려 일을 그르치는 것이니 세심하게 신경을 써야 한다고 했다. 해류가 먼바다에서 육지로 밀려올 때가 아니라 육지에서 먼바다로 쓸려나갈 때 버려야 한다고. 그러면 큰 힘 들이지 않고 마법을 부릴 수 있다고.

"할아버지, 그럼 이 쓰레기가 다시 그 나라로 돌아갈 수도 있겠네요?"

"어딜 말하는 게냐?"

"이 쓰레기를 우리한테 버린 나라요."

"그렇지. 그럴 수도 있겠구나. 돌고 도는 게 세상의 이치지."

그러고는 호탕하게 웃으며 쓰레기를 바다에 던지던 할아버지의 모습을 아버지는 오랫동안 잊지 못했다.

아들이 돌을 맞이한 날, 이른 새벽부터 아버지는 아들을 배에 태웠다. 쓰레기로 뒤덮인 섬과 바다를 보여주고 싶었다. 아버지의 아버지 또한 그랬었다. 아들이 자연스럽게 이 일을 받아들이고 체득하게 하기 위해서였다.

어머니는 그런 남편이 못마땅했지만 말릴 수 없었다. 그 일로 가족이 하루하루 먹고사는 데 문제가 없는 건 분명했다. 그리고 아버지가 아직 어머니를 의심하고 있었기에 어머니는 아버지의 뜻을 거스르는 언행을 자제했다. 대신 어머니도 따라나섰다. 혹시 아버지가 아들에게 해코지라도 할까 봐 두려웠기 때문이다. 좀처럼 일터에 나가는 법이 없는 어머니였기에 아버지는 반색했다.

아들의 피부는 여전히 이상했다. 피부색은 아버지와 어머니처럼 어두운 황색이었으나 어딘가 낯설었다. 태양 아래 있으면 피부가 푸르스름해 보이면서 반짝거렸다. 햇빛에 비친 물고기의 비늘처럼. 그늘진 곳에 있으면 피부에서 둔탁한 느낌이 났는데, 실제로 만져보면 아기 피부처럼 보들보들하지 않고 단단하고 거칠었다. 한마디로 사람 같지 않았다. 어머니는 아들을 보며 영화에서나 봤던 AI 인간을 떠올렸다가 이내 고개를 저었다. 그런 생각을 한 자신을 원망하면서.

"옷 좀 벗겨줘요. 여기서라도 광합성 좀 할 수 있게."

어머니는 아들을 항상 꽁꽁 싸매고 다녔다. 다른 사람들이 아들 얼굴 좀 보자고 달려들면 이 핑계 저 핑계를 대며 피했다. 아들의 피부를 보고 이상한 소문을 퍼뜨리는 게 싫고 두려웠다. 하지만 아버지밖에 없는 이 순간에도 내키지 않았다.

"여기는 좀 그렇잖아요."

"지금은 아무도 없는데 왜 그러오?"

어머니는 대답 대신 주변을 찬찬히 둘러보았다. 쓰레기로 가득한 섬과 섬에서 흘러나온 쓰레기로 더러워진 바다뿐이었다. 멀리서 보면 쓰레기로 이뤄진 산세가 매우 멋있었다. 형형색색의 빛깔을 뿜어내는 걸출한 산이었다. 섬이 가까워질수록 악취가 진동했다. 아버지 밑에서 일하는 인부들은 아직도 섬에 들어갈 때마다 코를 부여잡았다. 어떨 때는 역겨움을 이겨내지 못하고 구토하기도 했다. 그런 사람은 다음 날 배에 오를 수 없었다. 아버지가 쓰레기를 역겨워하는 인간을 더 역겨워했기 때문이다. 아버지에게 그 냄새는 어떤 향수보다 값진 것이었다. 그 무엇도 대체할 수 없었다.

새들이 날아와 먹이를 찾으려고 쓰레기를 뒤졌다. 재주 좋은 녀석이 쓰레기를 헤치고 물속으로 들어가 물고기를 낚아챘다. 녀석을 따라 다른 새들도 출렁이는 바다에 머리를 처박았다. 저런 곳에서 뭘 먹겠다는 건지. 어머니는 고개를 절레절레 저었다.

"그래, 많이 먹어라. 이왕 먹는 김에 쓰레기까지 같이 먹으라고."

아버지가 신이 나서 새들을 응원했다. 어머니는 더 세차게 고개를 저었다. 가까이 보이는 섬에선 연기가 모락모락 피어오르고 있었다. 누가 불을 지피지 않아도 쓰레기 무덤에선 가끔 불이 났다. 쓰레기가 내뿜는 가스 때문에. 저 섬이 쓰레기로 뒤덮

여 있다는 사실을 모른다면 화산이 가스를 뿜어낸다고 착각할지
도 몰랐다. 어머니는 어느 날 섬들이 다 폭발하면 어쩌나 하고,
혼자 걱정하곤 했다.

"여보, 아들 옷 좀 벗겨보라니까."

이 더럽고 악취가 풍기는 곳에서? 어머니는 차마 이 말을 하
진 못했다. 그럼 아버지가 노발대발할 게 뻔했다. 아버지는 이
바다에서 가끔 수영도 즐기는 사람이었다. 제발 그러지 말라고
해도 소용없었다. 이곳은 전 세계인들이 사랑하는 휴양지인데
못할 이유가 없다는 것이었다. 물론 호텔과 리조트가 줄지어 들
어선 곳의 앞바다에는 쓰레기가 보이지 않았다. 정부와 기업이
그곳을 세심하게 관리했다. 아버지 또한 그쪽으론 쓰레기가 흘
러들어 가지 않게끔 신경을 썼다.

어머니는 갑판에 앉아 아들의 옷을 조심스레 벗겼다. 어머니
도 아들이 답답해하진 않을까 항상 걱정했다. 옷을 벗기자 놀랐
는지 아들이 잠에서 깨어 울기 시작했다.

"내가 뭐라고 했소. 아들도 좋아할 거라고."

때마침 수평선으로 해가 고개를 삐쭉 내밀었다. 어머니는 아
들이 태양을 바라볼 수 있게 아들의 몸을 돌렸다. 일순간 아들
이 울음을 멈췄다. 해가 좋은가 봐. 어머니는 아들을 안은 채로
일어섰다. 그리고 아들을 태양을 향해 높이 들었다. 빛을 받은

아들의 몸이 반짝거렸다. 그 순간 어머니는 아들이 아주 특별한 사람일지도 모른다고 생각했다. 새들도 그 사실을 아는지 갑자기 아들에게 달려들려고 했다. 어머니가 아들을 잽싸게 부둥켜 안고 선장실로 도망치듯 들어갔다.

어쩐 일인지 둘째는 들어서지 않았다. 아버지와 어머니 모두 원했으나 뜻대로 되지 않았다. 그럴수록 첫째에 대한 집착은 커져만 갔다. 어머니는 금지옥엽으로 아들을 키웠고 아버지는 아버지대로 장차 아들이 커서 가업을 이끌어 주는 날이 오길 고대했다.

아들이 학교에 갈 때가 되자 아들의 피부를 더는 숨길 수 없었다. 어머니는 아들이 친구들의 놀림거리가 되진 않을까 우려했다. 아들이 원한다면 학교에 보내지 않을 생각이었으나 아버지는 완강했다. 우리 아들은 아무런 문제 없이 학교생활을 잘 해낼 것이라고 믿었다.

하지만 어른에게도 이상해 보이는 피부가 아이들 보기에 아무렇지 않을 리가 없었다. 아들은 학교에서 돌아오면 방에만 처박혀 있었다. 표정도 점점 침울해졌다. 어느 날에는 싸웠는지 얼굴 곳곳에 흉터가 보였다. 어머니가 아들을 붙잡고 물었다.

"학교에서 무슨 일 있었어? 얼굴이 왜 그래?"

묵묵부답이던 아들은 아버지까지 가세해 다그치자 울먹이며 말문을 열었다.

"저보고 괴물 같대요."

"누가 그래? 친구들이? 그래서 싸운 거야?"

"아버지, 어머니도 똑같이 생각하죠?"

"그게 무슨 말이야?"

"저를 괴물이라고 생각하잖아요."

그렇지 않고서야 자신을 왜 집 안에만 있게 했냐는 게 아들의 논리였다. 아버지와 어머니는 당황한 나머지 횡설수설했다. 이상한 게 아니라 특별한 거야. 어머니가 아무리 얘기해도 아들의 마음을 달랠 순 없었다. 아들은 친구들의 얼굴도 자신이랑 똑같이 만들어 버릴 거라고 했다.

다음 날 어머니와 아버지는 아들의 손을 잡고 학교로 향했다. 친구의 부모도 와 있었다. 사과를 해야 할 사람은 그쪽이 아니었다. 아들이 얼마나 때렸는지 친구의 얼굴이 엉망진창이었다. 그쪽 부모가 길길이 날뛰며 이쪽을 향해 욕을 퍼부었다. 아버지의 직업을 어떻게 알았는지 쓰레기 같은 천박한 것들이라면서. 그게 아버지의 꼭지를 돌게 했다. 아버지는 쪼그려 앉아 아들에게 물었다. 저 녀석이 너한테도 저런 얘기를 했냐고. 아들은 천천히 고개를 끄덕였다. 아버지는 친구의 부모에게 달려들었다.

쓰레기를 처리할 때처럼 폭발적인 기세였다.

그 일로 아들은 더 이상 학교에 다닐 수 없었다. 곧바로 다른 학교에 전학을 보낼 생각도 했지만 이내 포기했다. 그래 봤자 똑같은 일이 반복될 터였다. 어머니는 아들을 병원에 데려가 치료한 다음 학교에 보내자고 주장했다. 여태껏 병원에 가는 걸 반대했던 아버지도 더는 물러설 곳이 없었다.

하지만 병원에서도 원인을 찾지 못했다. 동네 병원에서는 더 큰 병원으로 가보라는 말만 반복했다. 그래서 더 큰 병원엘 가면 또 그곳에선 더 큰 병원에 가야 한다고 했다. 원인은 찾지도 못하고 돈과 시간만 낭비하자 화가 난 아버지는 곧장 그 나라에서 가장 큰 병원으로 아들을 데리고 갔다. 그리고 그 병원에서 이상한 소리를 들었다.

"아드님의 피부에서 플라스틱이 검출되었습니다."

의사는 고개를 갸우뚱하면서도 분명하게 얘기했다. 정밀검사를 여러 번 해봤으나 결과가 똑같았기에 의사는 그렇게 말할 수밖에 없었다. 아버지가 눈을 부릅뜨고 물었다.

"플라스틱이라뇨? 플라스틱이 묻어 있다는 말입니까?"

"묻은 게 아니라 피부에 있다는 뜻입니다."

잠자코 있던 어머니가 나섰다.

"그게 말이 되는 소립니까?"

"사실 저도 처음 보는 경우입니다만 플라스틱이 확실합니다."

아들의 피부에 플라스틱이? 아버지와 어머니는 묻고 또 물었으나 돌아오는 답은 달라지지 않았다. 인체에서 미세플라스틱이 검출되는 게 특이한 일은 아니라고 의사는 덧붙였다. 우리가 흔히 마시는 생수를 통해서도 아주 작은 플라스틱 알갱이가 몸에 흡수된다고. 하지만 아들은 그 정도가 매우 극심하고 특이한 경우라며 놀라워했다.

"그런데 언제부터 이러셨습니까? 최근에 무슨 일이라도 있으셨나요?"

"무슨 일이 있었던 게 아니고 태어날 때부터 그랬습니다."

아버지는 짐짓 자랑하듯 얘기했다. 어머니는 어떻게 하면 치료할 수 있냐고 따지듯 물었다. 하지만 의사는 우물쭈물하며 명확하게 대답하지 못했다. 급한 대로 약을 지어줄 순 있겠지만 경과를 지켜봐야 할 것 같다며 힘없이 얘기했다. 하긴 원인을 모르니 치료법 또한 알 수 없을 터였다. 의사는 더 크고 좋은 병원에 가볼 것을 권유했다. 이 나라가 아닌 선진국의 병원을 말하는 것이었다.

병원을 나서며 어머니와 아버지는 눈물을 쏟아냈다. 어머니는 말도 안 되는 이야기에 절망해 울었고 아버지는 기가 막힌 이야기에 감동해 울었다. 어머니는 당장에라도 선진국으로 날아가 아들을 치료해 줄 의사를 찾고 싶었다. 그럴 생각이 전혀 없는 아버지는 아들을 이리저리 뜯어 보며 이 말만 반복했다.

"역시 넌 내 아들이야. 내 아들이라고."

그날 이후 아버지는 아들을 아주 자랑스럽게 생각했다. 아들의 피부에서 발견된 미세한 플라스틱을 우리 집안의 징표라고 생각했다. 어머니가 아들을 옷이나 천으로 가리려고 하면 버럭 화를 냈다. 우리 아들은 진화한 신인류인데 무얼 숨기냐는 거였다. 의사가 했던 수많은 말 중에 인간의 진화라는 얘기만 마음에 쏙 들어왔다. 다른 부정적인 얘기는 귀담아듣지 않았다.

어머니는 아버지의 그런 태도에 기겁했다. 아들의 피부에 버젓이 있는 플라스틱을 제거할 생각은 하지 않고 자랑하고 돌아다녔으니 말이다. 그런데 아들도 자신감을 되찾았는지 표정이 밝아진 건 사실이었다. 안 그래도 더운 날씨에 더는 꽁꽁 싸매고 다니지 않아도 되니 해방감을 느끼는 것 같았다. 다른 나라의 더 좋은 병원에 가서 치료해 보자고 꾀여봐도 아들은 고개를 내저을 뿐이었다.

"어머니는 아직도 제가 싫은 거죠?"

"그게 무슨 말이니? 내가 왜 널 싫어한단 말이냐."

"지금도 저를 괴물이라고 생각하는 거잖아요."

"엄마가 왜 널."

"그런데 왜 계속 치료하려고 하세요? 저는 지금 이대로도 좋아요. 어머니가 말씀하셨죠. 저는 이상한 게 아니라 특별하다고요."

아들은 플라스틱 베이비라는 별명으로 이름을 날리기 시작했다. 그 별명은 아들이 스스로 지은 것이었다. 아버지는 아들의 별명을 아주 흡족하게 여겼다. 어떻게 그런 생각을 했냐며 아들을 대견스러워했다.

학교로 다시 돌아간 아들은 더 이상 놀림거리가 되지 않았다. 오히려 친구들이 아들을 졸졸 따라다녔다. 만화나 영화에서 봤던 히어로로 생각하는 것 같았다. 아들 또한 스스로 그렇게 믿었다. 사람이든 동물이든 모든 생물은 환경에 맞게 진화하기 마련인데, 자신은 다른 사람보다 조금 빨리 진화한 인간이라고 말이다. 물론 이 얘기는 아버지가 입이 마르지 않게 하고 다니는 소리였다.

아들이 골목대장이 되어 돌아다니자 어머니는 마음이 복잡해졌다. 예전엔 집 안에만 처박혀 있어 걱정이었는데 이젠 어딜 싸돌아다니는지 얼굴 보기가 힘들었다. 하루빨리 치료해야 할 것 같은데 아들도 아버지도 그럴 생각이 전혀 없었다. 어머니는 아들이 그런 모습으로 태어난 근본적인 이유가 이 집안의 가족사에 있다고 생각했다. 남편의 조상 때부터 이어져 내려온 가업 때문이 아니라면 아들이 플라스틱 베이비가 될 이유가 하등 없었다. 남편도 그 선조도 어렸을 때부터 쓰레기 더미에서 놀고 먹고 자고 뒹굴었다고 했다. 그게 아들의 피부에 영향을 미친 것이다. 그렇게 태어난 아들이 또 쓰레기 더미에서 놀고 먹고 자고 뒹굴게 내버려뒀으니.

죄책감을 느낀 어머니는 아버지에게 당장 이 일을 접고 새로운 일을 시작하자고 말했다. 당연히 아버지는 귓등으로도 듣지 않았다. 어머니가 자초지종을 설명했으나 소용없었다. 아버지는 손에 잡히는 대로 쓰레기를 집어 던지며 다시는 그딴 얘기를 꺼내지도 말라고 했다.

아버지는 보란 듯이 작업장에 아들을 데리고 다녔다. 그 뒤를 아들의 친구들이 따랐다. 어렸을 때부터 쓰레기를 던지고 다녔기 때문인지 아들은 완력도 남달랐다. 어쩌면 피부에 플라스틱 성분이 많아서 단단하고 힘이 센 것인지도 몰랐다. 또래 아이들과 싸워서 져본 적도 없었다. 플라스틱 베이비를 추종하는 무리까지 생기면서 아들은 점점 더 유명해졌다. 하지만 플라스틱 베이비 뒤꽁무니를 쫓아다니는 아이들의 부모들은 이를 못마땅해했다. 어딜 다녀왔는지 집에 올 땐 거지꼴로 돌아왔다. 가만 들어보니 쓰레기장에서 노는 것 같았다. 그중 일부는 집으로 찾아와 따지기도 했다. 아버지는 일단 머리 숙여 사죄한 다음, 그날

밤 그 집을 찾아가 쓰레기로 테러했다. 어느 순간 어머니는 아버지와 아들을 말리는 것을 포기했다.

플라스틱 베이비와 그 일가의 악명은 점점 높아졌다. 흥미로운 얘기에 언론에서도 관심을 가지기 시작했다. 인터뷰 요청이 쇄도했고 아버지와 아들은 거절하지 않았다. 그럴수록 쓰레기 문제가 드러났고 그제야 아버지는 인터뷰를 모조리 거부했다. 환경단체까지 가세해 달려들자 아버지는 자책했다. 떠벌리고 다닐 게 아니라 쓰레기 사이에 숨어서 지내야 했다고. 아들은 우리가 잘못한 게 도대체 뭐냐며 아버지를 이해하지 못했다. 사람들을 위해 쓰레기를 잘 처리해 준 죄밖에 없는데 말이다.

어디서 나타났는지 환경단체들이 떼 지어 몰려왔다. 작업장 인근에 진을 치고 일종의 시위를 하기도 하고, 뭘 찍는지 계속 카메라를 들이댔다. 아버지는 오래전 아버지의 할아버지가 해주었던 얘기를 되새겼다.

"정부든 언론이든 그게 누구든, 우리를 향해 삿대질하면 대항하지 말고 눈물을 흘려라. 우리도 피해자라고 하소연해야 한다. 쓰레기를 제대로 구분하지도 않고 막무가내로 보내는 자들의 잘못이라고. 그렇게 바짝 엎드리고 있으면 시간이 흐르고, 시간이 흐르면 사람들은 잊게 마련이다."

아들은 몸이 근질근질했지만 아버지의 말대로 참고 또 참았다. 사람들의 관심이 사라질 때까지. 다행히 그리 오랜 시간이 걸리진 않았다. 떠들썩하던 동네가 한 달 정도 지나자 예전처럼 고요해졌다. 남은 건 말 없는 쓰레기뿐이었다.

아버지와 아들은 새로운 작업장을 함께 찾아 나섰다. 이미 차지하고 있던 섬과 땅은 한계에 다다랐다. 작은 쓰레기 하나조차 더 버리기 어려울 지경이었다. 거센 바람 때문에 바다로 유실된 쓰레기의 양도 엄청났다. 해수면 상승 또한 영향을 미쳤다. 섬의 면적이 확연히 줄어든 것이었다. 섬에서 흘러나온 쓰레기들이 섬을 호위하듯 층층이 둘러쌌다.

그렇다고 내륙에 작업장을 마련하자니 부담이 됐다. 그 누구도 자신의 집 근처에 쓰레기가 쌓이는 것을 바라진 않았다. 사람들로부터 최대한 멀리 떨어진 곳이어야 했다. 그래야 사람들이 안심할 테니까.

결국 더 먼바다로 나갈 수밖에 없었다. 여태껏 가보지 않았던 곳까지 가볼 작정으로 배를 몰았다. 사람이 살지 않는 것 같은 아주 작은 섬들이 꽤 있었으나 지나쳤다. 섬이 작은 만큼 쓰레기를 처리할 수 있는 양도 적을 테고, 그러면 또 얼마 지나지 않아 새로운 곳을 찾아 돌아다녀야 할 테니까.

그러던 중 아들은 매우 거대한 섬을 발견했다. 그 윤곽이 특이해 섬처럼 보이지 않기도 했다. 그러고 보니 지도에는 없는 섬이었다. 아버지는 이상한 일이라고 생각하며 그곳을 향해 뱃머리를 돌렸다. 아들은 제발 사람이 살지 않기를 고대하며 그 섬을 주시했는데, 섬이 가까워질수록 사람이 없을 거라는 확신이 들었다. 악취가 굉장히 심했다. 순간 구토가 올라와 선체 밖으로 쏟아냈다. 아버지는 그런 아들을 보며 혀를 찼다. 쓰레기 냄새에 익숙해졌다고 생각했는데 아직 역부족이었다. 민망해진 아들은 뱃머리에 앉아 바다에 둥둥 떠 있는 쓰레기를 구경했다.

"아들아, 저것 좀 봐라."

갑자기 아버지가 흥분해 뭔가를 가리켰다. 다름 아닌 로봇 장난감이었다. 아들이 어렸을 때부터 가지고 놀았는데 이젠 시들해져 버린 것이었다. 아들은 반가운 마음에 장난감을 건져 올렸다.

"아버지, 이걸 언제 버렸었죠?"

"글쎄다. 한두 달은 지난 것 같지 아마. 그 시간이면 훨씬 더 먼 곳으로 갈 줄 알았는데."

아버지는 실망감을 감추지 못했다.

"그래도 여긴 사람이 살지 않는 게 확실해요."

"내 생각도 그렇구나. 조금만 더 가까이 가보자."

하지만 섬으로 진입하기가 생각보다 쉽지 않았다. 섬 주변을 쓰레기가 겹겹이 둘러싸고 있었다. 아버지가 이리저리 배를 조종하며 진입로를 찾았으나 쓰레기가 길을 쉽게 내어주지 않았다. 섬을 크게 한 바퀴 빙 돌고 나서야 겨우 헐거운 곳을 발견했다. 아들이 뱃머리에서 쓰레기를 양옆으로 밀어냈으나 워낙 쓰레기가 많아서 꿈쩍도 하지 않았다. 아들은 이러다 쓰레기에 갇히는 건 아닌지 걱정했다.

더 가까이 가는 것이 불가능해지자 아버지는 배 시동을 껐다. 아버지와 아들은 눈앞에 보이는 광경을 보고 말문을 열지 못했다. 그건 섬이 아니었다. 아니, 섬은 섬인데 흙과 나무와 바위로 이뤄진 것이 아니라 쓰레기로 이뤄진 것이었다. 아들은 고개를 들고 정상을 바라보았다. 쉬지 않고 올라가기란 불가능할 만큼 높았다. 어떻게 쓰레기가 저만큼 쌓였을까.

"이 쓰레기는 도대체 누가 다 버린 걸까요?"

"글쎄다."

"혹시 우리 말고 또 있는 게 아닐까요?"

"그건 차차 두고 보면 알겠지."

아버지는 배에서 뛰어내렸다. 아들도 덩달아 섬에 발을 내디뎠다. 처음엔 물에 빠졌으나 조금 더 들어가니 늪에 들어온 것처럼 발이 쑥쑥 들어가긴 하지만 디딜 곳이 생겼다. 그렇게 한 걸음씩 옮기다 보니 이내 육지처럼 단단해져 걷기가 수월했다. 발에 밟히는 건 쓰레기로 이뤄진 땅이었다. 얼마나 오래전부터 형성되었는지 가늠하기가 어려웠다.

"아버지, 우리가 버린 쓰레기가 여기에 모여 있는 것 같아요."

아들은 신기해하며 장난감을 들고 이리저리 뛰어다녔다. 아버지도 쓰레기를 살피며 안쪽으로 더 들어갔다. 드문드문 기억나는 것들이 눈에 보였다. 더 깊숙한 곳에 있는 쓰레기일수록 더 오래전에 버린 것이었다. 특정 쓰레기를 보면 그 시절이 생각났다.

"이건 마치 나이테 같구나."

"아버지, 이 섬 아래에는 얼마나 많은 쓰레기가 묻혀 있을까요? 할아버지의 할아버지가 처리한 것도 여기 있을지 몰라요."

"그래, 그럴 테지. 그래도 다행이다. 이런 곳을 이제라도 발견해서. 그런데 이렇게 먼 곳까지 얼마나 자주 올 수 있을까."

그러면서도 아버지는 일주일에 한두 번 정도는 와야겠다고 다짐했다. 그때 아들이 뭔가 좋은 생각이 떠올랐다는 듯 말했다.

"굳이 자주 올 필요도 없을 것 같아요. 우리가 바다에 버리면 쓰레기가 알아서 이쪽으로 오잖아요. 자동으로 돌아가는 컨베이어벨트처럼요. 그러니 우린 지금처럼 하면 돼요. 가끔 확인만 하면 되지 않을까요?"

"자동으로 돌아가는 컨베이어벨트라……."

아버지는 아들이 한 얘기를 곱씹었다. 곱씹을수록 일리가 있었다. 아들의 영특함에 흐뭇해진 아버지는 아들을 와락 끌어안았다.

"역시 내 아들은 남달라. 우리 조상님들이 도우신 게야. 그렇지 않고서야 어떻게 이런 일이 벌어질 수 있겠느냐. 하늘에서도 우리 아들이 잘되길 바라시는 것이지. 그러니 이 섬엔 우리 집안의 이름을 붙여야겠구나."

두 사람은 부지런히 그 섬을 드나들며 뱃길을 익히고 쓰레기의 이동경로를 탐색했다. 아들의 말대로 가만히 있어도 쓰레기는 그곳을 향해 흘러갔다. 그 섬이 고향이라도 되는 듯. 아들은 쓰레기에 버린 날짜를 붉은색으로 크게 표기해 버리기 시작했다. 그곳에 도달하는 데 얼마나 걸리는지 보기 위해서였다. 쓰레기의 크기와 무게에 따라 달랐으나 대체로 한 달 정도 소요됐다. 비바람이 세차게 부는 때엔 경로를 이탈하여 더 오래 걸리기도 했으나 돌고 돌아 결국 섬으로 모였다. 경로를 확인한 아버지와 아들은 더 공격적으로 쓰레기를 바다에 버리기 시작했다. 자정에 배를 몰고 나가 해가 뜨기 직전까지 쓰레기를 집어 던졌다.

아버지는 점점 더 사업을 키웠고 훨씬 큰 선박까지 마련했다. 배에 굴착기를 싣고 가 쓰레기를 버리고 땅을 다졌다. 섬 한곳에 설치한 소각장에선 연기가 쉬지 않고 피어올랐다. 아들이 연기를 바라보며 말했다.

"아버지, 우리 공장은 쉴 틈이 없네요."

"미래가 전도유망한 사업인 셈이지."

아버지는 아들의 머리를 쓰다듬으며 가족의 장밋빛 미래를 꿈
꿨다. 인간이 멸종되지 않는 한 쓰레기는 사라지지 않을 터였다.

*

안타깝게도 플라스틱 베이비는 스무 살이 되던 해 세상을 떠
났다. 여느 때처럼 아버지와 함께 쓰레기를 처리하고 온 날이었
다. 배를 타고 돌아오는 길에 아들은 일감이 줄어들지 않는다며
행복해하면서도 쓰레기를 버릴 곳이 마땅치 않다며 걱정했다.
아버지는 끝없이 펼쳐진 바다를 가리키며 이런 망망대해가 있는
데 무엇을 걱정하냐고 큰소리쳤다. 더군다나 쓰레기가 스스로
찾아가는 섬도 있는데 말이다. 내일은 오랜만에 거기로 가보자
고 했는데 아들은 일어나지 못했다.

아버지와 어머니는 며칠 동안 슬피 울었다. 그러면서 계속 싸
웠다. 아들의 장례에 대한 의견이 달랐기 때문이다. 어머니는
이 나라의 관습에 따라 화장하자고 했지만 아버지는 아들을 화
장하지 않고 관에 넣자고 했다. 그것도 투명한 관에 넣어 땅에
묻지 않은 채 지켜보자고. 어머니는 아버지가 제정신이 아니라

며 욕설을 퍼부었다. 하지만 아버지는 아랑곳하지 않고 밀어붙였다.

"우리 아들은 남다르다고. 다시 살아날 수도 있단 말이야."

어머니는 대놓고 아버지를 미친놈이라고 부르기 시작했다. 하나뿐인 아들을 잃은 어머니는 눈앞에 보이는 게 없었다. 평생 남편 눈치를 보며 살아왔으나 이젠 아니었다. 아버지에게 온갖 모멸적인 말을 퍼부었다. 아버지는 아무런 대꾸도 없이 어머니를 내버려두었다.

아버지는 어머니의 시선을 피해 아들의 시신을 쓰레기의 고향으로 몰래 옮겼다. 혹시라도 어머니가 아들을 밤새 화장할까봐. 어머니는 아들을 찾으러 가겠다며 고래고래 소리를 질렀지만 그 섬이 어디 있는지도 몰랐다. 아들이 같이 가보자고 했을 때 따라나서지 않은 것이 그제야 후회됐다.

"내 아들 어디 갔어? 어디로 보냈냐고. 이 미친 인간아, 내 아들을 설마 섬에 숨긴 건 아니지? 평생 쓰레기만 쳐다보고 살더니 내 아들도 쓰레기로 보이냐. 이 쓰레기 같은 인간아. 당장 내 아들 내놔!"

아버지는 배에 악착같이 오르려는 어머니를 기어코 떼어내고 바다로 향했다. 어머니의 울부짖음이 먼바다까지 들려왔다.

섬이 보이자 아들과 함께 쓰레기를 버리고 쌓고 태우고 다졌던 하루하루가 주마등처럼 스쳐 지나갔다. 아들이 이 일을 싫어하면 어쩌나, 다른 일을 하려고 하면 어쩌나 걱정한 적도 있었지만 아들은 군말 없이 아버지를 따랐다. 언젠가 아들이 했던 얘기가 생각났다.

"아버지, 그래도 의미가 있는 일이잖아요. 어쩌면 물건을 생산하는 것보다 훨씬 더 가치 있는 일일지도 몰라요. 더럽고 힘든 일이어도, 누군가는 꼭 해야 하고요."

아버지는 눈물을 훔치며 섬에 발을 내디뎠다. 그간 아들과 정리를 잘해둔 덕에 처음 왔을 때보단 훨씬 수월하게 다닐 수 있었다. 아들은 해안에서 100미터 정도 더 들어간 곳에 있었다. 혹시라도 거센 바람과 파도 때문에 아들의 관이 바다로 떠내려가는 걸 방지하기 위해서였다.

다행히 아들은 무사했다. 아버지는 쓰레기 더미에 앉아 담배를 연달아 피웠다. 아들을 바라보면서. 그런데 이상하게도 아들은 그대로였다. 숨이 끊긴 지 며칠이 흘렀건만 변화가 없었다. 죽은 게 아니라 아주 깊은 잠에 빠져 있는 듯했다. 아버지는 투명한 관 뚜껑을 열고 아들을 더 자세히 관찰했다. 몸을 숙여 귀를 아들의 심장에 갖다 댔다. 아들의 심장에선 아무런 소리도 들리지 않았다. 아버지는 한 손으로 아들의 푸르스름한 뺨을 만져보았다. 플라스틱의 촉감이 아직 살아 있었다.

아버지는 관 옆에서 아들을 사흘간 지켰다. 챙겨간 음식이 다 떨어질 때까지 아들을 지켜보았다. 그리고 확신했다. 아들은 썩지 않는다고. 앞으로 영원히.

"여보, 내가 뭐라고 했소? 우리 아들은 남다르다고 하지 않았소. 하늘에서 점찍은 특별한 사람이오."

집으로 돌아간 아버지는 기쁨에 겨워 얘기했다. 하지만 어머니는 독기 가득한 눈빛으로 아버지를 쏘아볼 뿐이었다. 그러면서 아들을 내놓으라고 아주 나지막한 목소리로 얘기했다. 아버지는 어머니를 섬에 데려가 아들을 보여줘야겠다고 생각했다. 두 눈으로 직접 봐야 믿을 테니까.

아버지는 어머니를 배에 태우고 닻을 올렸다. 어머니는 눈물이 왈칵 쏟아질 것 같으면 주먹을 불끈 쥐고 참았다. 아버지의 수많은 쓰레기 섬을 지나 아들이 있는 곳에 도착했을 땐 해가 뉘엿뉘엿 넘어가고 있었다. 수분 이내로 해가 수평선 아래로 사라지면 곧 어둠이 찾아올 터였다. 달도 뜨지 않고 칠흑같이 어두운 날에는 일부러 쓰레기에 불을 붙이기도 했다.

아버지와 어머니는 쓰레기를 헤치고 아들을 향해 서둘러 나아갔다. 어머니는 아들을 보자마자 참았던 눈물을 쏟아냈다. 아버지가 보란 듯이 관 뚜껑을 열었다. 어머니는 달려들어 아들을 이곳저곳 만져보았다. 아버지의 말대로 큰 변화는 없었다. 아직 시간이 많이 흐르지 않았기 때문인지 모르겠으나 어머니도 아버지처럼 믿고 싶었다.

"당신 말이 맞아요. 우리 아들은 남다르다는 거. 그러니까 집으로 데리고 가요. 계속 여기 둘 순 없잖아요."

어머니가 인정해 주자 아버지는 뛸 듯이 기뻐했다. 이젠 아들을 집으로 데려가도 문제가 없겠단 생각에 힘이 절로 났다. 둘은 낑낑거리며 아들이 누워 있는 관을 배에 다시 실었다. 배가 바다로 미끄러져 들어갈 즈음에 섬 어디선가 폭발음이 들렸다. 그러곤 불길이 치솟더니 바람을 타고 번지기 시작했다. 쓰레기가 머금고 있던 가스가 새어 나온 모양이었다. 아버지는 불타는 섬을 바라보며 아들과의 추억을 떠올렸다. 그 순간 둔탁한 소리가 났다. 다름 아닌 아버지의 뒤통수에서 난 소리였다. 아버지는 그대로 고꾸라져 바다로 사라졌다. 어머니는 쓰레기 사이에서 주운 무거운 방망이를 꽉 쥐고 검은 바다를 노려보았다. 아버지는 온데간데없었다. 쓰레기 조각만 둥둥 떠 있었다.

어머니는 뱃머리를 천천히 돌렸다. 쓰레기가 없는 깨끗하고 아름다운 섬을 찾아 나서야 할 때였다.

해설

붕괴의 감각과 파국의 서사

– 복합 위기와 자본주의 리얼리즘

구모룡(문학평론가)

환경이라는 말은 오래도록 우리를 둘러싸고 있는 상황을 지시해 왔다. 특히 근대에 와서 인간과 자연의 연속성, 전체성, 역동성이 해체되면서 인간의 관점에서 자연을 이용하고 지배하였는데 환경도 인간에 의해 보이는 국면으로 이해되었다. 또한 과학과 기술의 힘으로 인간중심의 세계를 영속할 수 있다는 믿음을 가졌다. 하지만 난폭한 20세기를 보내고 또 다른 세기를 맞으면서 이러한 믿음은 크게 무너지고 있다. 크고 작은 재난이 거듭되고 기후 위기가 도래하면서 인간과 자연의 공존 관계가 균형을 잃는 지경을 경험한다. 대체로 2차 세계대전이 끝난 1945년을 기점으로 인구, 에너지, 물 사용, 비료 소비, 교통수단, 종이 생산 등 거의 모든 영역에서 대가속(Great Acceleration)이 진행되어 생물 다양성 감소, 질소산화물과 이산화탄소 증가, 표면 기온 상승, 열대우림 손실, 오존층 파괴가 놀라운 속도로 나타나고 있음을 각종 지표가 증명하고 있다. 이러한 가운데 지난 세기를 돌아보고 새로운 세기를 생각하는 움직임도 활발하다. 알랭 바디우는 러시아 시인 오시프 만델슈탐의 시편 「시대」를 소환하여 세기를 사유한다. 이 시편은 "세기는 과연 어떤 의미에서 살아 있는 것으로 취해질 수 있는가? 시간이 지닌 생명이란 무엇인가? 우리의 세기는 생명의 세기인가, 아니면 죽음의 세기인가?"라는 물음을 던지고 있다고 알랭 바디우는 받아들인다. 1923년에 쓴 시편인 만큼 오시프 만델슈탐의 예언자적 시인의 표정이 역력하다.

나의 시대, 나의 짐승이여,/누가 너의 동공을 바라보고,/두 세기의 척추를/피로 붙일 수 있을까?/창조자의 피가 지상의 사물에서/목구멍으로 솟구치고,/식객만이 떨고 있다/새로운 날들의 문지방에서.//피조물은 살아 있는 한/끝까지 등뼈를 지고 가야 하고/파도는 보이지 않는 척추로 춤을 춘다./아이의 부드러운 연골처럼−/삶의 정상은 다시 한 번/어린 지구의 시대를/새끼 양처럼 희생양으로 만든다./포로가 된 이 시대를 해방시키기 위하여,/새로운 세상을 시작하기 위하여,/매듭진 날들의 마디마디를/플루트처럼 연결시켜야 한다./이것은 인간의 슬픔으로/파도를 흔드는 시대다./그리고 풀밭의 독사는/시대의 황금 척도로 숨을 쉰다.// 이제 다시 꽃봉오리들이 부풀어 오르고,/푸른 싹이 솟아나리라./ 그러나 내 아름다운 불쌍한 시대여,/너의 척추는 부서진다./한때는 유연했던 짐승처럼/네 발에 남은 흔적을/엄하고 나약하게/너는 의미 없는 웃음으로 되돌아본다. (오시프 만델슈탐, 조주관 옮김, 「시대」, 『아무것도 말할 필요가 없다』, 문학의 숲, 2012.)

일차 대전과 러시아 혁명 이후 스탈린 체제에서 쓴 시편인데 100년이 지난 지금에도 그 울림이 여전하다. 알랭 바디우는 이 시편이 "생명이란 무엇인가?, 진정한 생명이란 무엇인가?, 살기라는 유기체적 강도에 적합한 생명을 가지고서 진정으로 산다는 것은 무엇인가?"라는 "20세기의 주요한 존재론적 물음"을 제기하고 있다고 말한다. 알랭 바디우의 『세기』(박정태 옮김, 이학사, 2014.)는 자세한 해석을 이어가면서 시가 세기의 폭력에 맞서 인간적인 슬픔에 저항하고, 그 문턱을 넘어설 수 없으나 기다림, 혹은 유지하는 능력을 지닌다고 설명한다. 그러니까 어떤 대안의 희망을 말할 수 없는 슬픔은 100년을 경유한 21세기의 현실에서도 변함이 없다. 오히려 섣불리 대안을 말하는 일이 도금한 희망에 지나지 않음이 너무나 쉽게 판명이 나는 형국이다. 희망을 말하더라도 어떠한 낙관을 포함할 수 없다는 사실이 지배한다. 오늘날의 문학은 바로 이같이 희망 없는 시대를 그 문턱에서 발화한다. 비록 인류세(Anthropocene)라는 개념이 공식화하지 못했으나 인류의 척추는 부서졌고 자연이 가하는 가혹한 공격을 피할 수 없게 되었다. 인간의 한계와 유한성을 받아들이면서 붕괴와 죽음이 불가피한 시대를 수락하지 않을 수 없다. 그렇지만 의외로 문학은 이러한 감각에 무디다. 여전히 인간중심의 조건에서 벗어나지 못하고 있다. 그렇지만 인간의 조건 변화가 이끄는 새로운 문학을 생각하지 않을 수 없는 상황이다. 시노하라 마사타케는 『인류세의 철학』(조성환 외 옮김, 모시는사람들, 2022.)에서 "붕괴되고 있는 가운데 어떻게 하면 새로운 인간의 조건을 발견할 수 있을까?"라고 묻는다. 이미 인간의 세계가 무너져 언젠가는 폐허가 될 수 있다는, 인간의 실존적, 공간적 조건의 취약함을 제대로 인식하여야 한다는 지적이다. 하지만 이러한 조건에 대한 인식이나 서사가 더디기만 한 사실이다. 아미타브 고시가 『대혼란의 시대』(김홍옥 역, 에코리브르, 2021.)에서 지적하듯이 기후변화가 실제로 지구 미래에 어떤 의미를 지니는지 고려하는 것은 전 세계의 작가들이 깊이 고민해야 할 주요 관심사여야

함에도 불구하고 여전히 이러한 문제가 순수 소설 영역으로부터 배척당하고 있는 현실이다. 여전히 우리가 근대소설의 규칙에서 벗어나고 있지 못하기 때문이다. 소위 부르주아적 삶의 규칙성은 전례 없는 사건이나 격변을 밀어내고 나날의 일상을 전경으로 끌어내고 있을 뿐이다. 그러니까 '있을 법하지 않은 것'의 중요성과 마주하는 상황에 내몰린 적이 없어 특정 유형의 내러티브를 특징으로 할 수밖에 없다. 여기에서 리얼리즘의 아이러니가 발생하는데 리얼리즘 소설이 현실을 구축하는 방식이 실상 현실을 은폐하는 데서 비롯한다. 따라서 그는 기후 위기 시대에 상응하는 소설의 대개조가 뒤따라야 함을 주창한다. 그런데 지금껏 나타난 기후소설(climate fiction, cli-fi)은 새로운 공상 과학소설이거나 미래를 배경으로 하는 재앙 이야기로 한계가 뚜렷하다.

그런데 마크 피셔는 필리스 도러시 제임스의 소설에 기반한 알폰소 쿠아론의 2006년 영화 『칠드런 오브 맨』을 자본주의 리얼리즘의 한 사례로 들고 있다.

『칠드런 오브 맨』을 보면서 우리는 자본주의의 종말을 상상하는 것보다 세계의 종말을 상상하는 것이 더 쉽다는 프레드릭 제임슨과 슬라보예 지젝의 구절을 떠올리지 않을 수 없다. 이 슬로건은 내가 '자본주의 리얼리즘'(capitalist realism)이라는 표현으로 의미하는 바를 정확하게 포착하고 있다. 자본주의가 유일하게 존립 가능한 정치?경제 체계일 뿐 아니라 이제는 그에 대한 일관된 대안을 상상하는 것조차 불가능하다는 널리 퍼져 있는 감각이 그것이다. 한때 디스토피아를 그린 영화나 소설은 이런 대안적 상상 행위의 연습이었고, 그런 작품이 묘사한 재앙들은 다른 삶의 방식이 출현할 수 있는 서사적 구실로 작용했다. 『칠드런 오브 맨』에서는 그렇지 않다. 이 영화가 투영하는 세계는 자본주의에 대한 대안이 아니라 우리 세계를 외삽하거나 우리 세계가 악화된 모습처럼 보인다. 우리 세계와 마찬가지로 이 세계에서도 극단적 권위주의와 자본은 결코 양립 불가능하지 않다. 포로수용소와 프랜차이즈 커피 전문점이 골존하고 있는 것이다. 『칠드런 오브 맨』에서 공적 공간은 방기된 채로 수거되지 않은 스레기와 어슬렁거리는 동물들이 차지하고 있다. 탁월한 자본주의 리얼리스트인 신자유주의자들은 공적 공간의 파괴를 경축했다. 그러나 공식적으로 알려진 그들의 희망과는 반대로 『칠드런 오브 맨』에서 국가는 전혀 위축되어 있지 않으며 오히려 군사 및 치안이라는 핵심 기능을 노출하고 있다. 『칠드런 오브 맨』에서 파멸은 장차 일어날 일도 이미 발생할 일도 아니다. 오히려 파멸은 지금 겪고 있는 일이다. 파멸이 발생한 정확한 순간은 없다. 세계는 한 번의 대폭발로 끝나지 않는다. 그것은 서서히 빛을 잃고 흐트

러지면서 정차 허물어진다.(마크 피셔, 박진철 옮김, 『자본주의
리얼리즘 대안은 없는가』, 리시올, 2018.)

다소 장황한 인용이 되었는데 마크 피셔가 말한 '자본주의 리
얼리즘'의 의미를 제대로 새기기 위함이다. 아마 복합 위기를 맞
고 있는 우리 시대의 환경소설이 이와 같은 자본주의 리얼리즘과
그 흐름과 같이하지 않을까 한다. 물론 서사의 방향이 모두 디스
토피아를 향하고 있는 것은 아니다. 아직 현실의 변경을 의도하
는 비판적 리얼리즘이나 풍자가 지속적인 흐름을 유지하고 있으
며 때에 따라서 우회하여 알레고리를 선택하는 경우가 없지 않
다. 그러함에도 앞서 말한 자본주의 리얼리즘은 이 모두를 아우
르는 큰 흐름이 될 수 있겠다. 미리 가정한 종말이 아니라 붕괴
의 과정을 구체적으로 서술하는 파국의 서사가 던지는 의미를 상
정할 수 있다. 물론 비판적 리얼리즘과 알레고리 그리고 자본주
의 리얼리즘의 층위가 서로 다르진 않다. 겹쳐지거나 반복하면서
아울러 자본주의 리얼리즘을 형성한다.

여기 앤솔러지로 묶인 일곱 편의 소설도 환경소설이자 자본주
의 리얼리즘이라 할 수 있겠다. 이 가운데 김도일의 「은혜롭고
평화로운」과 박지음의 「에너지 팜」은 풍자와 진정성이라는 두 차

원에서 비판적 리얼리즘의 계보를 잇는다. 「은혜롭고 평화로운」은 거대한 제철회사의 상무인 주인물이 회사가 유발한 환경오염을 고발한 지역 방송국에 대처하는 과정을 서술하고 있다. 무엇보다 이 소설은 인물의 행위를 전경화하여 풍자하려는 의도를 지닌다. 따라서 보도된 환경문제나 자본 측 사정은 후경으로 밀려난다. 이러한 점에서 가장 중요한 산업 재해와 위험에 관한 구체는 물론 자본과 권력, 미디어라는 장치가 차지하는 사회적 맥락에 관한 서술이 요약되고 만다. 왕회장의 가르침을 섬기고 기독교를 신봉하며 사도신경을 되뇌고 미국을 숭배하는 '오경환' 상무의 일그러진 표정과 전립선 비대증을 앓는 신체의 부실함이 전면에 드러나 있다. 풍자는 우행의 폭로와 사악의 징벌이라는 두 측면이 타원형을 그리며 왕복운동을 하여야 한다. 이러한 점에서 이 소설은 표제가 말하고자 한 대로 심각한 현실의 악이 그대로 온존하는 사태를 평면적으로 보여주는 데 그치게 된다. 작가의 이상에 기반한 비판을 수행하는 가운데 발현하는 위선의 폭로와 소설적 진실의 서술은 비대해진 인물에 의해 가려지고 만다.

로컬의 구체적 현실을 서술 대상으로 삼았다는 점에서 「은혜롭고 평화로운」과 「에너지 팜」은 같은 계보를 형성한다. 전자가 제철 공장이 뿜어내는 오염물질이 주민에게 질병을 유발하는 현상을 말하고 있다면 후자는 원자력 발전소가 내재한 위험과 반핵의

당위성을 알리고자 하는데 문면에 그 구체적인 장소가 드러나 있지 않지만 포항 제철과 경주 월성 원자력 발전소로 짐작할 수 있다. 「에너지 팜」은 '옥순'이라는 자발적 원전 반대 운동가와 그의 가족을 중심에 두고 서술하고 있으나 마을 사람들과 원전 회사 그리고 학교라는 여러 중첩된 관계를 밀도 있게 구성하고 있다. 이러한 가운데 재난의 위험을 마주하면서 인물들이 마음의 진정성을 발휘하는 과정이 뚜렷하다. 한편으로 원전의 위험을 고발하면서 다른 한편으로 원전을 둘러싸고 살아가는 사람들의 투쟁과 연대, 절실한 생존과 상호 이해의 경로를 진정성 체계로 인식한다. 물론 이와 같은 마음의 사회적 가치를 드러내었다는 점에서 이 소설이 가지는 의의가 분명하다. 다만 있는 그대로의 현상의 사실주의가 인물들의 연대에 상응하는 만큼 읽는 이를 충격하지는 못하리라는 점에서 아쉬움이 생긴다. 이러한 점에서 환경과 재난의 문학은 더 사변적이어야만 하는 요구에 직면한다.

이경란의 「최소한의 나」, 하서찬의 「상자」, 권제훈의 「플라스틱 베이비」, 이준희의 「소리의 길」은 대체로 자본주의 리얼리즘의 계보에 속한다. 디스토피아의 폐허를 상상하면서 모두 쓰레기를 주요한 모티프로 삼고 있다는 점에서도 공통 지반을 가진다. 「최소한의 나」는 자본주의적 삶과의 결별 이야기이다. 이는 남편과 아내, 나와 너 그리고 나와 또 다른 나라는 이항 대립의 관계를 중첩하여 서술하면서 구성한다. "한때 우리의 모든 것으로 군림했다가 이제는 너의 신앙이 된 것들. 그것들이 숭배의 대상이라면 지금의 나는 배덕자라고 해야 할까?"라는 진술이 말하듯이 돈을 숭배하고 욕망을 추구하는 너와 나의 이별을 전제하고 있다. 이는 구체적으로 아내와 남편인 두 남녀의 헤어짐을 뜻하며 후자인 '나'는 극화된 주인공으로 반자본주의적 방향의 삶을 영위하는데 이는 곧 쓰레기와 더불어 사는 방식이다. 이는 현대적 생활 양식의 세계적 보급이 지구적인 쓰레기의 확산으로 귀결하리라는 지그문트 바우만의 우울한 진단(『쓰레기가 되는 삶들』, 정일준 옮김, 새물결, 2008.)의 소설적 버전에 가깝게 읽힌다.

어제 산 주변을 돌았다. 산은 우리 구역의 거대한 아파트 단지와 단지 사이, 내 집에서는 조금 떨어진 곳에 있다. 사람들은 참 뻔하지. 뻔하게 이기적이고 뻔뻔하고 대책이 없다. 자신들의 아파트 단지에 그 많은 쓰레기를 수용할 수 없다고, 수용하기 싫다고 단지 밖 공터에 내다 버리다니. 산은 금세 가파른 능선을 이루었다. 세탁기가, 냉장고가, 소파가, 침대가, 종류도 다양한 각종 살림살이가 밤마다 쌓이고 쌓인 위에 또 쌓이고 무너져 내려 산은 야금야금 그 영토를 늘려나간다. 게다가 그 수많은 옷과 신발들. 상상할 수 있니? 지구의 모든 생명체 중에서 인간이, 오직 인간만이 그렇게 많은 쓰레기를 생산하고, 사들이고, 싫증 내고 가차 없이 내다 버려 곳곳에 거대한 산을 만들고 있다는 것을. 네가 사는 곳은 사정이 조금 다를 수도 있을까? 이 땅의 상위 1퍼센트에 들어야 살 수 있다는 그 지역의 주민들은 누구보다 많은 쓰레기를 만들어 내면서도 쾌적한 환경을 누리고 있을까? 버릴 곳을 잃은 수거업체들마저 두 손 든 지금에도 말이다.

이 소설이 설정하고 있는 상황은 이처럼 인간이 만든 쓰레기가 포화상태에 이른 국면이다. 무서운 속도로 생산하고 소비하며 쓰레기를 만들어가는 욕망 충족의 자본주의 체계에서 그 외부를 상상하고 형성하는 일이 쉽지 않다. 그야말로 잉여를 만들지 않는 '최소한'의 삶을 추구하지 않는 한 지구의 엔트로피는 파국에 이를 수밖에 없다. 주인공은 자본주의적 삶과 반자본주의적 삶의 교차점을 통과한 이후의 시점으로 돈으로 모든 욕망을 충족하는 '너'의 체계를 비판하고 "재화든 용역이든 생산하지 않는" "최소한의 최소만" 사용하는 삶을 산다. 이러한 과정에 너와 나 사이에서 "우리에게 와준 아이를 우리는 놓치고"만 사건이 놓여 있다. "이 더러운, 타락한, 황폐한, 불가역적인 세계를 아이에게" 물려줄 수 없다는 사실과 더불어 아이로 인하여 존속할 삶의 연속성이 사라지고 있음을 지시한다. 불임과 부패가 만연한 폐허가 희망 없는 미래를 말하고 있을 뿐이다. 또한 쓰레기 산을 떠도는 아이의 존재도 이 소설을 이끄는 주요한 벡터에 해당한다. 그는 "버리러 온 사람이 아니라 주우러 온 사람"이고 "특별한 무언가"를 찾는 존재이다. 마침내 '나'는 성자와도 같은 그 아이를 찾아 집으로 데려오지만, 아이의 생존은 불확실하기만 하다. 이 행성에서 모든 인간은 마침내 쓰레기가 될 형국임을 암시하는 데 이 소설이 만드는 플롯의 궁극적 지향이 있다.

쓰레기의 문제라는 점에서 「상자」는 「최소한의 나」와 유사성을 가진다. 그런데 이 소설의 본령은 쓰레기의 문제가 아니라 기후 위기이다. 뉴스에서 매일 종말이 오고 있다는 방송을 거듭할 무렵 엄마가 실종되고 아버지는 엄청난 종류의 택배를 시켜 그 상자를 쌓은 더미 위에 자리를 잡는다. "상자섬"을 만들어 밀려오는 해수를 견디기 위함이다. 해수면이 60센티를 넘어가고 기온 상승으로 바다의 부피도 날로 팽창하는 상황에서 "그린란드의 빙하와 남극의 얼음이 반쯤 녹았다는 방송을 마지막으로 TV도 인터넷도" 끊어지는 상황에 처한다. 이러한 가운데 부유한 이들은 "다른 행성"으로 탈출하고 가난한 이들은 이민을 떠나지 못한 채 죽음을 맞고 물살에 떠밀려 가버린다. 재난 불평등이 확연한 가운데 이 소설 속의 '나'는 아버지의 죽음을 맞고 어머니의 주검을 확인한다. 이러한 스토리를 지닌 이 소설의 강점은 서술자

'나'의 '수학적' 시점과 건조한 어조이다. 파국에 이르기까지 희망없이 사는 이의 무심한 눈길과 담담한 목소리의 연속으로, "동화 속 저주받은 왕비처럼 슬플수록 더 큰 웃음"을 내는 표정이 그로테스크하다.

나는 울지 않기 위해 크게 소리 내 웃어본다. 동화 속 저주받은 왕비처럼 슬플수록 더 큰 웃음이 났다. 너무 크게 웃어서 사레가 들린다. 밭은기침 끝에 붉은 가래가 튀어나온다. 기슭은 불어나는 물에 점점 무너지고 있었다. 나는 미소를 지었다. 처음으로 소리내지 않고 웃을 수 있다. 비가 쏟아진다. 나는 하늘을 쳐다봤다. 멀리서 폭풍이 다가오고 있다. 멸망을 앞둔 하늘은 비가 내리는데도 찬란할 정도로 눈이 부셨다. 나는 엄마의 남은 몸을 찾기 위해 천천히 뜨거운 펄 속으로 몸을 욱여넣었다. 뇌가 펄 속에서 녹아내렸다. 내 몸도 펄 속에서 천천히 상자로 변하기 시작했다.

이 소설은 이렇게 끝난다. 온갖 정신병력을 지닌 고3 학생인 '나'에게 입시를 앞둔 시점의 파국은 이와 같은 형국으로 다가올까? 소설은 멸망 이전에 이미 붕괴하고 있는 사회를 먼저 말하고자 한다. 그러니까 지금의 사회 시스템이라면 끝내 파국에 이를 수밖에 없다는 말이다.

「플라스틱 베이비」도 쓰레기 문제를 말하고 있다. "그 나라의 쓰레기는 물론 세계 각지의 쓰레기를 받아들여 폐기하는 것이 아버지의 일"인데 그는 "쓰레기를 버리는 기술"을 자랑으로 생각하는 사람이다. 즉 "계속 쓸 수 있는 물건인데도 버리고 먹을 수 있는 음식인데도 버리는 것, 그게 바로 이 세계가 계속 성장할 수 있는 원동력"이라고 생각하며 "또 그런 낭비가 가능하도록 도와주는 게 우리 집안의 일"이라고 자부한다. 이러한 아버지와 어머니 사이에 태어난 아이가 곧 "플라스틱 베이비"인데 몸속에 미세 플라스틱이 함유되어 피부가 남다른 특별한 아이로 성장하여 스무 살이 되던 해에 세상을 뜬다. 소설은 이같이 오염된 탄생을 "진화한 신인류"로 자랑스럽게 생각하는 아버지와 그의 아들 '플라스틱 베이비'에 관한 이야기이지만 실상 지구에 만연한 플라스틱과 바다 위에 만들어진 플라스틱 섬과 같은 현실을 말하고자 한다. "인간이 멸종하지 않는 한 쓰레기는 사라지지 않을 터"이고 그 가운데 플라스틱은 "썩지 않는 아들"처럼 없어지지 않는다. 결말에서 아들을 시신을 싣고서 "쓰레기가 없는 깨끗하고 아름다운 섬을 찾아" 나서는 어머니의 행로는 이 기이한 이야기의 역설이다. 이미 아버지에 의하여 섬이란 섬은 모두 쓰레기장으로 바뀐 지 오래이기 때문이다.

「소리의 길」은 「플라스틱 베이비」에서 막다른 쓰레기 문제의 극단을 보여준다. 해저에 도시를 건설하는 인간의 사업이 마침내 대규모 쓰레기 매립으로 귀결하고 만다. 처음에는 육지에서 인간이 만든 문명을 넘어서기 위하여 해저 도시를 조성하는데, 이는 "바닷속 도시에서 태어난 최초의 아이"인 '로비'의 존재가 말하듯이 해저에 적응하는 신인간의 실험으로 나타난다. 확실히 이 대목은 SF에 적합한 복제인간의 제작과 훈련과 육성이라는 서사를 내포한다. 그는 '특별한 아이'로 불리며 '닥터 주'와 '나짐' 등에 의하여 관리되고 때론 육지 사람들에게 그의 생태가 전시되기도 한다. 무엇보다 이 소설은 인간중심주의 비판에 서사의 벡터를 집중하고 있다. 육지의 사람들은 해저 도시 지배체계의 변동과 더불어 바다를 폐기물 저장소로 바꾸어 버리고 만다. 이에 대하여 '기태'는 "인간은 그냥 놔두는 법"을 잊었고 "두려움 때문에 조급해지고 그 조급함 때문에 당장의 변화에 매달리고 안도하거나 혹은 불안해 한다고" 말한다. 또한 "무에 관한 영웅담", "로비가 알고 있던 신화가 사실은 교묘하게 꾸며낸 얘기라는 사실", 다시 말하여 인간중심으로 변형한 신화체계(hythology)임을 알게한다. 인간과 고래의 왜곡된 관계는 다음과 같은 이야기에 의하여 해체된다.

그날 고래의 습격을 받았을 때, 그리고 현장을 지휘하던 그의 친구가 고래에게 딸려 바닷속으로 빠져들었을 때, 기태는 알 수 없는 경험을 했다. 친구를 구하겠다는 일념으로 바다로 뛰어들었지만 친구도 고래도 보이지 않았다. 기태는 점점 더 아래로 헤엄쳐 들어갔고 그럴수록 햇빛은 줄어들어 시야가 확보되지 않았다. 그런데 순간, 기태는 무엇인가가 자신의 근처에 있다는 사실을 기척으로 알아챘다. 몸을 돌려 그곳을 향했을 때 거대한 고래가 기태를 향해 있는 것을 발견했다. 별다른 움직임 없이 고요하게, 그러나 무언가를 질책하듯 기태를 향해 가만히. 그때부터 기태는 고래를 향해 약속하기 시작했다. 인간이 고래를 사냥하면 고래도 살아남기 힘들었다. 그러니 아주 조금만. 아주 조금만 바다를 양보해달라고. 그러면 서로 피해 주지 않도록, 서로 조심하면서, 그렇게 살아가자고. 말도 안 되는 일이었고 제정신이었다면 그런 행동은 하지 않았을 게 분명했다. 그러나 그 순간만큼은 기태도 진심이었다. 그건 애원 혹은 기도에 가까웠다.

그때 고래로부터 뿜어져 나오는 소리를 들었다. 그건 기태의 몸을 압도했다. 소리는 기태를 향해 오는 게 아니었다. 기태의 몸을 통과해 바다로 뻗어나갔다.

이와 같은 경험을 통하여 '기태'는 바다에 소리의 길이 있으며 이를 통하여 "아주 먼 거리에 있는 고래들이 서로 소통할" 수 있음을 알게 된다. 인간이 주체이고 바다와 그 속의 생물이 단순한 객체가 아니라는 자각이다. '기태'는 주객이 언제든지 바뀔 수 있는 상호관계임을 아는 인물이다. 왜냐하면 그가 친구를 구하기보다 그의 "애원 혹은 기도"에 고래가 호응하여 고래가 그의 친구를 놓아주었기 때문이다. '로비'는 '나짐'과 '기태'를 통하여 내면의 소리에 귀를 기울이고 바다의 소리를 듣는 존재가 되면서 마침내 그물에 고리가 걸린 고래를 구하여 그를 따라 바다를 향하게 된다. 인간의 육지가 아니라 라쿤이 사는 세계로 이끌려 유영한다.

안리준의 「아웃빌리지」는 정착형 제국주의의 알레고리를 말한다. 평원에 살던 사람들을 몰아내고 건설한 "비타빌은 회색도시"이다. 본디 그곳의 주인은 아웃빌리지 사람들이다. 주술적 세계관을 지닌 그들은 평원에서 쫓겨나 숲에서 산다. '하루'가 비타빌에 가서 문명의 교육을 받으나 가뭄이 닥치면서 배움이 쓸모가 없음이 알게 된다. 기후변화가 어떤 전도를 예감하게 한다. 고유한 자기 이름을 가진 자연 사물과 인간이 함께 사는 세계가 살아나고 인공의 도시가 위기에 직면한다. 역사를 아는 교장과 아웃빌리지를 이해하려는 '로제타' 선생이 있어 소통의 계기가 만들어지지만 '비타빌' 시민과 '아웃빌리지' 부족의 거리는 시멘트—흙—숲의 차이만큼 멀다. 전자는 물자를 낭비하고 후자는 아끼고 보살핀다. 전자는 권력과 위계의 언어를 쓰고 후자는 "자연의 말"을 듣는다. 전자는 지식을 학습하고 후자는 지혜를 배운다. 전자는 목적을 지향이고 후자는 과정을 따른다. 이처럼 다른 삶의 양식을 지니고 있기 때문에 '로제타'는 "어쩌면 하루에게 내가 이제껏 가르친 세계가 애초에 가능하지 않은 세계였던 게 아닐까"라고 생각하게 된다. 앞서 말한 대로 소설은 서로 다른 두 세계의 반전이 서서히 일어나는 과정으로 구성된다. 이 소설에서 물이라는 생명의 흐름이 이러한 의미망을 대표한다. '비타빌'의 지하수 고갈과 도래할 붕괴는 '하물족'이 사는 숲속의 늪에 물이 차오르는 현상으로 대비되며 달팽이의 이주로서 상징하듯이 한쪽의 파국과 다른 한쪽의 생성과 지속 가능성이 뚜렷하다.

「아웃빌리지」가 말하듯이 제국적 생활 양식은 궁극적인 파국을 예고한다. 제국적 생활 양식을 넘어서 "드러난 것만, 그것도 꼭 필요한 만큼만 쓰고" 말하는 생태적 삶으로 거대한 전환을 수행해야 한다고 말한다. 물론 이는 확대 해석이다. 소설은 알레고리를 통하여 애니미즘이 희망이며 어제를 향하여 걸어가기를 권유한다. 제국문화의 종말과 흙의 생태학이 만드는 대비가 선연하다. 온전한 생태적 감각을 상실하고서 붕괴를 예감할 수 없는 '비타빌' 사람은 다시 숲을 침탈하는 역사적 과오를 되풀이할 가능성이 크다. 벌써 "도시에는" "아웃빌리지인들이 지하수를 몰래 훔쳐 가고 있다는" "이상한 소문이 돌기 시작했다." 평화로운 이주가 아니라 침략의 가능성이 커지고 있다. 재난이 폭력으로 변전하고 새로운 난민을 만들 공산이 없지 않다. 자연과 인간이 서로 감응하고 공생하는 지혜를 배우는 일이 그만큼 중요하다. 하지만 오늘날 자본주의적 문명은 전환의 기미를 보이지 않는다. 붕괴와 파국 그리고 디스토피아의 풍경이 면전에 기다리고 있는 사정이다. "자본주의의 종말을 상상하는 것보다 세계의 종말을 상상하는 것이 더 쉽다"라는 말이 더욱 구체적으로 다가오는 느낌이다. 그러니 자본주의 리얼리즘은 더 큰 흐름의 강물이 되리라 생각한다.

도서출판 득수 소설

최소한의 나

1판 1쇄 2024년 6월 10일

지은이	하서찬, 이준희, 이경란, 안리준, 박지음, 김도일, 권제훈
펴낸이	김 강
편집	최미경
디자인	제일커뮤니티 054 · 282 · 6852
인쇄 · 제책	천우원색인쇄사
펴낸 곳	도서출판 득수
출판등록	2022년 4월 8일 제2022-000005호
주소	경북 포항시 북구 장량로 174번길 6-15 1층
전자우편	2022dsbook@naver.com
ISBN	979-11-983924-7-3

값 17,000원

× 이 책 내용의 전부 또는 일부를 재사용하려면 반드시 저작권자와 도서출판 득수 양 측의 동의를 받아야 합니다.

× 이 책의 본문 용지는 재생지를 사용했습니다.